LUTZ KREUTZER (Hrsg.)

Jeder Schuss
ein Treffer

KRIMINELLES FUSSBALLFEST Zehn Kriminalgeschichten zu den zehn Spielorten der Fußball-Europameisterschaft in Deutschland von bekannten Autoren. Als für einen Berliner Oberligisten, der hoch hinauswill, alles aus dem Ruder läuft. Warum in Dortmund ein explosives Halbfinale vergeigt wird. Wie ein Ehemann, der den Fußball mehr liebt als seine Ehefrau, und ein Taschendieb in Düsseldorf böse Überraschungen erleben. Von einem Star mit einem Geheimnis und einem Fan, der das Frankfurter Waldstadion nie verlassen hat. Wie drei Schalker Juden die Radioübertragung vom Endspiel 1941 zur Flucht nutzen wollen. Warum ein Unentschieden in Hamburg auch seine guten Seiten haben kann. Weshalb ein nackter Polizist eine verliebte Einbrecherin durch Köln verfolgt und drei Fußballfans unter Mordverdacht geraten. Wie die Frage »Unfall oder Mord?« in die Tiefen und Untiefen der Geschichte des Leipziger Stadions führt. Als beim Eröffnungsspiel in der Münchner Arena ein Held geboren wird und warum ein Giftmord beim Viertelfinale in Stuttgart zum Eigentor wird.

*Lutz Kreutzer wurde 1959 in Stolberg geboren. Er schreibt Thriller, Krimis, Sachbücher und gibt Kurzgeschichtenbände heraus. Auf den Buchmessen in Frankfurt und Leipzig sowie auf Kongressen coacht er Autoren. Am Forschungsministerium in Wien hat der promovierte Naturwissenschaftler ein Büro für Öffentlichkeitsarbeit gegründet. Er war lange als Manager in der IT- und Hightech-Industrie tätig. Über seine Arbeit wurden im Hörfunk und TV zahlreiche Beiträge gesendet. Er wurde mit mehreren Stipendien gefördert. In Aachen hat er neben dem Tivoli gewohnt, in Wien in der Nähe des Rapid-Stadions, danach lebte er in der Fußballhauptstadt München, bevor er sich gegenüber der Fußballarena Salzburg niedergelassen hat.
Mehr unter: www.lutzkreutzer.de*

LUTZ KREUTZER (Hrsg.)

Jeder Schuss ein Treffer

FUSSBALLKRIMIS

GMEINER

Immer informiert

Spannung pur – mit unserem Newsletter informieren wir Sie
regelmäßig über Wissenswertes aus unserer Bücherwelt.

Gefällt mir!

Facebook: @Gmeiner.Verlag
Instagram: @gmeinerverlag

Besuchen Sie uns im Internet: www.gmeiner-verlag.de

© 2024 – Gmeiner-Verlag GmbH
Im Ehnried 5, 88605 Meßkirch
Telefon 0 75 75 / 20 95 - 0
info@gmeiner-verlag.de
Alle Rechte vorbehalten
1. Auflage 2024

Lektorat: Daniel Abt
Herstellung: Julia Franze
Umschlaggestaltung: U.O.R.G. Lutz Eberle, Stuttgart
unter Verwendung eines Fotos von: © AlenaPaulus / istockphoto.com
Druck: CPI books GmbH, Leck
Printed in Germany
ISBN 978-3-8392-0702-4

Inhalt

VORWORT DES HERAUSGEBERS

Liebe Fußballfans, liebe Krimiverrückte,

ich erinnere mich oft an ein wunderbares Erlebnis während der WM 2006, dem Sommermärchen in Deutschland. Ich war an einem strahlenden Junitag in München im Olympiapark beim Public Viewing. Das Spiel war fast Nebensache, denn ich war hier, um die Gänsehautatmosphäre vor der Riesenleinwand zu genießen. In der Mitte des Olympiasees war sie aufgebaut, an dessen Uferböschung Tausende Zuschauer saßen. Im ersten Stock des neu erbauten Holzblockhauses, in dem ein Thekenbetrieb war, traf ich auf zwei Fußballverrückte, der eine aus England, der andere war Schotte. Sie trugen stolz ihre Nationaltrikots – obwohl die schottische Mannschaft es gar nicht in die Endrunde geschafft hatte.

Wir standen zufällig nebeneinander, beobachteten aus dem breiten Fenster das Spiel und hielten jeder ein frisch gezapftes Bier in Händen. Wir taxierten uns kurz, ich lächelte sie an, wir prosteten einander zu, und wir kamen ins Gespräch. Sie erzählten mir, dass sie bereits in der Vorrunde in verschiedenen deutschen Städten beim Public Viewing gewesen waren und dass es jedes Mal ein unglaubliches Fest gewesen sei. »What a country! Amazing friendly people. Wonderful beer!« Sie gaben sich sehr überrascht von den Deutschen, so freundlich, von dem Land, so wunderbar. Wenn in ihrer Heimat über Deutschland berichtet würde, sagten sie fast beschämt, dann oft über ein graues Land mit mürrischen Menschen. Sie sprachen den Wunsch aus, dass jeder Brite einmal im Leben mindestens zwei Wochen Urlaub in Deutschland machen solle, damit sie sähen, dass alles anders sei. Wir verbrachten den ganzen Abend zusammen, ich kann mich erinnern, wie glücklich mich das damals machte.

Fußball ist eben nicht nur ein Spiel, sondern gerade internationale Wettbewerbe sind zu gesamtgesellschaftlichen Ereignissen geworden. Ich wünsche mir, dass die Europameisterschaft 2024 ähnlich wird, dass sich die Gäste aus ganz Europa bei uns wieder so wohlfühlen werden, dass wir uns in Deutschland erneut von unserer besten Seite zeigen dürfen, dass Frauen wie Männer die Fanmeilen bevölkern mögen. Wie sagte Franz Beckenbauer damals: »So hat der liebe Gott sich die Welt vorgestellt.« So soll es wieder werden. Hoffen wir auf gute Spiele, friedliche Fans und gutes Wetter. Dann wird das klappen!

Aber halt! Das allgemeine Wohlbehagen möchten wir doch ein wenig stören und Ihnen ein paar mörderische Geschichten präsentieren. Lesen Sie in diesem Band zehn Kurzkrimis von elf Autorinnen und Autoren, für jede ausrichtende Stadt der EM 2024 ein eigenes böses Geschehnis. Begeben Sie sich mit der Autorenelf und ihrem Krimi-Coach auf eine spannende Deutschlandreise, von Hamburg über Dortmund und Frankfurt bis Stuttgart und München, von Köln über Düsseldorf und Gelsenkirchen bis Leipzig und Berlin.

Viel Spaß beim Schmökern und Ballern wünscht

Ihr Lutz Kreutzer
Herausgeber

AUSGLEICH IN DER NACHSPIELZEIT

VON JÜRGEN EHLERS

Professor Schulz saß an seinem Schreibtisch und überlegte. Vielleicht hatte er einen Fehler gemacht. Zugegeben,
dieser Prüfling war ihm zutiefst unsympathisch, und er
war durchaus zufrieden damit, dass er die Prüfung nicht
bestanden hatte. Andererseits hat ein Prüfer jederzeit die
Möglichkeit, das mündliche Examen in die eine oder in
die andere Richtung zu lenken, und von dieser Möglichkeit hatte er Gebrauch gemacht.

Es war bekannt, dass Schulz bei seinen Prüfungen durchaus einige Fragen einbaute, bei denen es nicht so sehr darauf
ankam, sachlich richtige Antworten zu geben, sondern vielmehr darum, dass der Prüfling zeigen sollte, wie er sich bei
einer überraschenden Frage aus der Affäre ziehen konnte.
So hatte Schulz gleich zu Anfang die Frage gestellt: »Wie
viele Gezeitenkraftwerke gibt es in Finnland?«

Tobias Krüger hatte die kleine HSV-Fahne auf dem
Schreibtisch angestarrt, dann den Professor. Der Student
riss sich zusammen. »Nicht sehr viele«, antwortete er.

Das war nicht völlig falsch.

»Genauer«, hatte Schulz verlangt.

»In Finnland gibt es gar kein Gezeitenkraftwerk«, hatte Krüger präzisiert.

Das war richtig. Aber der Prüfling hätte jetzt die Gründe erläutern sollen. Doch Krüger schwieg.

»Warum nicht?«, hatte Schulz schließlich wissen wollen. Daraufhin hatte Krüger die hohen Kosten für ein Gezeitenkraftwerk aufgeführt.

Ja, die Kosten waren hoch. Hinzu kamen ökologische Bedenken. Jedoch war das eigentliche Problem im Falle Finnlands natürlich der zu geringe Tidenhub. Bei herkömmlichen Gezeitenkraftwerken lag dieser in der Regel bei deutlich über zehn Metern. Die waren in Finnland nirgendwo erreichbar. In Helsinki lag der Tidenhub bei einem Meter.

Schulz hätte es damit bewenden lassen sollen, aber ihn hatte der Teufel geritten. Er hatte als Alternative zur Ostseeküste den Bau eines Gezeitenkraftwerks an der Küste der Barentssee vorgeschlagen. Diesen Vorschlag hatte der Beisitzer mit einem Stirnrunzeln kommentiert. Zwar gab es an der Barentssee, wie Schulz anschließend ausführte, eine russische Versuchsanlage in Kislaja Guba, die sogar mit dem relativ geringen Tidenhub von fünf Metern auskam. Allerdings hatte Finnland keine Verbindung zur Barentssee, was Krüger ganz offensichtlich nicht wusste.

Nach diesem eindrucksvollen Fehlstart hatte Schulz eine ganze Serie von Fragen folgen lassen, bei denen er von vornherein ahnte, dass der Prüfling sie nicht würde befriedigend beantworten können. Konsequenterweise war er letztlich durchgefallen.

»Tut mir leid«, hatte Schulz behauptet.

Der Beisitzer sagte so leise, dass der Prüfling es nicht hören konnte: »Fair war das nicht.«

»Das Leben ist nicht fair«, hatte Schulz geantwortet. »Aber in vielen Fällen gibt es den Verlierern eine zweite Chance. Und in diesem Fall würde ich empfehlen, es vielleicht bei einem anderen Prüfer noch mal zu probieren.«

Diesen Ratschlag schien Tobias Krüger nicht beherzigen zu wollen. Er verkündete stattdessen: »Ich komme wieder, Herr Professor. Und das nächste Mal bin ich wesentlich besser vorbereitet, das schwöre ich Ihnen.«

Einen Moment lang hatte Schulz das Gefühl, dass das eine versteckte Drohung war, aber so leicht ließ er sich nicht erschrecken.

＊

Schulz erzählte seiner Frau, was passiert war. Beate schüttelte den Kopf. »Was machst du nur für Sachen?«

»Wieso? Ich fand das lustig.«

»Lustig? So kannst du einen Prüfling nicht behandeln. Das ist zynisch und gemein. Diese Prüfung, die soll doch dazu dienen, diesem Studenten Selbstsicherheit zu geben. Stattdessen setzt du deine ganze Energie da rein, den jungen Mann aufs Kreuz zu legen.«

Das wollte Schulz nicht einsehen. »Er hätte auf jede dieser Fragen eine vernünftige Antwort geben können. Das sind keine Wissensfragen. Mit etwas Nachdenken hätte jeder die richtige Lösung finden können.«

»Ach, Hartmut, es ist lange her, dass du selbst eine solche Prüfung ablegen musstest. Wahrscheinlich hast du vergessen, wie das ist. Denk darüber nach.«

»Ich hatte gedacht, dass wir jetzt irgendetwas essen gehen …«

»Nein, Hartmut, das tun wir nicht. Mir ist nicht danach. Ich gehe ins Kino.«

»Wir könnten doch zusammen …« Während er sprach, wusste er schon, wie die Antwort lauten würde.

Beate schüttelte den Kopf.

»Ich geh noch mal ins Institut«, murmelte Hartmut.

Beate nickte. »Wir sehen uns nachher.«

*

Tobias Krüger hatte keine Beate, mit der er sich streiten konnte. Er hatte niemanden. Nein, eigentlich stimmte das nicht. Da waren ja seine Eltern. Seine Mutter wäre enttäuscht. Aber sie würde gar nichts sagen. Sie würde ihn nur still ansehen. Sein Vater hielt große Stücke auf ihn und glaubte unerschütterlich daran, dass sein Sohn ein blendendes Examen machen und anschließend promovieren würde. Er würde ihm Vorwürfe machen. Viele Vorwürfe. Die meisten davon kannte er bereits. Faulheit, Arroganz, Wankelmütigkeit.

Faulheit – das war nicht ganz unberechtigt. Arroganz – Tobias fühlte sich nicht arrogant. Hätte er diesem Schulz in den Arsch kriechen sollen? Wankelmütig – nein, Tobias war nicht wankelmütig. Im Gegenteil. Er war zum Äußersten entschlossen.

Professor Schulz musste weg. Es wäre ein Leichtes, ihn über den Haufen zu schießen. Theoretisch zumindest. Wenn man denn eine Schusswaffe hatte. Tobias hatte keine. Er würde sich eine Pistole besorgen müssen. Am leichtesten wäre es natürlich, in einen Schützenverein einzutreten, die erforderlichen Prüfungen abzulegen und dann eine Waffe zu kaufen. Aber das dauerte alles viel zu lange. Er wollte nicht jahrelang warten. Er wollte seine Rache jetzt. Sofort.

Die Pistole zu beschaffen war leichter, als Tobias gedacht hatte. Der Ingo aus seiner früheren Klasse hatte schon immer mit seinen Beziehungen zur Unterwelt geprahlt. Der kannte sich aus auf St. Pauli. 300 Euro wollte er haben für eine Makarow. Einschließlich Munition.

Tobias nickte.

»Die ist gebraucht«, sagte Ingo. Er wies Tobias darauf hin, dass die Waffe bei irgendeiner Schießerei benutzt worden sei und dass sie niemals bei ihm gefunden werden dürfe.

Tobias versprach, dafür zu sorgen. Schon in seinem eigenen Interesse.

»Bist du am Freitag dabei?«, fragte Ingo. Er war auch HSV-Fan.

Ja, Tobias würde dabei sein.

Blieb nur das schwierigste Stück: den Professor erschießen, ohne dabei erwischt zu werden.

✳

Freitagabend. HSV gegen St. Pauli. Heimspiel im Volksparkstadion. Anpfiff: 18.30 Uhr. Einlass 90 Minuten vorher. Seine Freunde würden auf jeden Fall hingehen, das wusste Tobias. Er hatte sich einen Stehplatz auf der Nordtribüne gesichert und war zusammen mit den Kumpeln rechtzeitig angereist. Sie hatten in der U-Bahn und anschließend im Bus großartige Gesänge losgelassen – sehr zum Schrecken der übrigen Fahrgäste. Auf Pauli-Fans waren sie nicht gestoßen, und so ging die Anreise außerordentlich friedlich ab – zum Glück. Tobias konnte jetzt keinen Ärger gebrauchen.

Gemeinsam waren sie bis zum Eingang marschiert und hatten weitergesungen. Dann hatte Tobias in die Jackentasche gegriffen. »So ein Mist!«

»Was ist denn los?«

»Ticket vergessen! Aber kein Problem, es ist ja noch genug Zeit. Wir sehen uns im Stadion!«

»Beeil dich!« Ingo sah besorgt auf die Uhr.

Tobias lachte nur und machte sich auf den Weg.

Sie würden sich nicht im Stadion sehen. Aber alle würden bezeugen können, dass Tobias die ganze Zeit im Stadion gewesen war, wenn er rechtzeitig zum Schlusspfiff wieder am Ausgang war. Er sah auf die Uhr. Bis zum Spielbeginn waren es knapp 50 Minuten. Dann das Fußballspiel – 2 mal 45 Minuten plus 15 Minuten Halbzeitpause. Das sollte auf jeden Fall ausreichen.

Der Plan, den Tobias Krüger ausgearbeitet hatte, würde allerdings nur funktionieren, wenn bestimmte Voraussetzungen erfüllt waren. Der entscheidende Punkt bestand darin, dass Professor Schulz tatsächlich zur vorgesehenen Zeit am vorgesehenen Ort sein würde. Der Ort war klar: das Arbeitszimmer des Professors im achten Stock des Geomatikums, des Hochhauses, in dem die Geowissenschaften der Universität Hamburg untergebracht waren. Die Zeit war auch klar: ungefähr eine halbe Stunde nach Anpfiff.

Natürlich war es eher unwahrscheinlich, dass einer der Professoren an einem Freitagabend um 19 Uhr noch in seinem Arbeitszimmer saß und arbeitete. Kein normaler Mensch würde das tun. Aber Schulz war kein normaler Mensch. Selbst an Wochenenden war er oft an seinem Arbeitsplatz zu finden. Er war verheiratet, möglicherweise unglücklich, vielleicht vermied er es deshalb, länger als nötig zu Hause zu sein.

Ein zweiter Punkt war, dass außer Tobias Krüger und dem Professor zu der vorgesehenen Zeit niemand im achten Stock des Geomatikums sein durfte. Der Schuss war natürlich nicht unhörbar, die Makarow hatte ja keinen Schalldämpfer, aber Tobias baute darauf, dass durch das System der zahlreichen Feuerschutztüren der Schall nicht bis ins Treppenhaus dringen würde, schon gar nicht bis ins Erdgeschoss, wo der Hausmeister in seiner Kabine saß und las oder schlief.

٭

Nicht alle Eventualitäten ließen sich bei der Planung berücksichtigen. Ein Punkt, mit dem Krüger überhaupt nicht gerechnet hatte, war seine Mutter. Susanne Krüger hatte gestern beim Aufräumen die Pistole entdeckt. Eine Pistole war gefährlich. Als Mutter wollte sie nicht, dass ihr Sohn mit gefährlichen Dingen herumhantierte. Natürlich war sie keine Expertin im Umgang mit Schusswaffen, aber nach kurzem Herumprobieren hatte sie herausgefunden, wie man das Magazin herausnehmen konnte. Das hatte sie getan, die Patronen entnommen und das Magazin wieder eingeschoben. Nun war die Pistole schon sehr viel ungefährlicher. Dass noch eine Kugel im Lauf stecken könnte, ahnte sie nicht.

٭

Ein weiterer Punkt, den Tobias Krüger nicht hatte voraussehen können, war, dass der Professor vielleicht im entscheidenden Moment nicht da sein würde. Krüger hatte sich durch einen Blick auf die Fassade des Hochhauses versichert, dass in dem fraglichen Zimmer im achten Stock Licht brannte. Der Eingang zum Geomatikum war offen, wie er erwartet hatte, und der Hausmeister nahm keine Notiz von ihm. Krüger fuhr mit dem Fahrstuhl nach oben. Kein Mensch zu sehen. Schon stand er vor der Tür des Professors. Auf sein Klopfen antwortete niemand, die Tür war verschlossen. Was jetzt? Professor Schulz war ein ordentlicher Mensch. Er wäre sicher nicht nach Hause gegangen, ohne das Licht auszuschalten. Wahrscheinlich war er nur kurz weggegangen. Vielleicht aufs Klo.

Stühle gab es nicht. Krüger setzte sich im Flur auf den Fußboden und wartete. Es zeigte sich sehr rasch, dass das Sitzen auf dem harten Linoleum äußerst unbequem war. Der Professor kam nicht. Er war nicht nur kurz pinkeln gegangen. Krüger stand auf, streckte sich, lehnte sich gegen die Wand und wartete weiter. Professor Schulz war auch HSV-Fan. Vielleicht war er im Stadion? Nein, wahrscheinlich nicht.

Tobias Krüger begriff allmählich, dass der Mord nicht ganz so glatt ablaufen würde, wie er sich das vorgestellt hatte. Er war davon ausgegangen, dass der Professor in seinem Sessel säße, mit Blick auf die Tür. Vielleicht würde er aufspringen, wenn Krüger hereinkäme, vielleicht auch nicht, jedenfalls wäre er hinter dem Schreibtisch gefangen, und es würde keine Schwierigkeit bereiten, ihn aus kürzester Entfernung niederzuschießen. Dass das gelingen würde, stand außer Frage.

Krüger hatte gleich nach dem Erwerb der Waffe spätabends im Stadtpark geübt. Die Plastik »Diana auf der Hirschkuh« hatte er sich als Zielscheibe ausgesucht. Nach Einbruch der Dämmerung war dort nie jemand. Zumindest hatte er das geglaubt. Der Künstler hatte die sitzende Diana zwar etwas größer dargestellt als den sitzenden Professor, aber das hatte Krüger dadurch ausgeglichen, dass er einen etwas größeren Abstand wählte. Tobias Krüger hatte gezielt und geschossen. Der Rückschlag hatte ihn überrascht – aber nur beim ersten Schuss. Querschläger waren durch die Luft gesirrt. Krüger hatte ein ums andere Mal geschossen, bis plötzlich irgendwelche erbosten Spaziergänger herbeigeeilt waren und der Student sich durch eine rasche Flucht in Sicherheit hatte bringen müssen.

Das würde hier nicht passieren. Die Situation auf dem Flur im achten Stock war eine völlig andere. Wenn der Professor jetzt kam, vermutlich von den Fahrstühlen her, würde er in ungefähr 20 Metern Entfernung plötzlich um die Ecke biegen, und dann … Ja, was dann? Direkt schießen? Das erschien Krüger zu billig. Nein, irgendeinen dramatischen Satz würde er dem Mann entgegenschleudern. »So sieht man sich wieder, Herr Professor! Die erste Runde ging an Sie, aber jetzt bin ich am Drücker!« War das gut genug?

In diesem Augenblick bog Professor Schulz um die Ecke.

»So sieht man sich wieder …!«, rief Krüger. Er zog die Pistole.

Da ging das Flurlicht aus. Im nächsten Moment war der Professor verschwunden. Krüger hastete los, drückte den Schalter für die Flurbeleuchtung, die zögernd ansprang.

Der Flur war leer. Krüger raste zum Treppenhaus. Aber hier war niemand. Ein Blick auf die Anzeigetafeln. Einer der Fahrstühle war auf dem Weg nach unten. Oft hatte er sich darüber geärgert, wie unendlich langsam die Fahrstühle im Geomatikum arbeiteten. Diesmal kam ihm dieser Mangel entgegen. Er riss die Tür zum Notausgang auf und sprintete los.

Der Fahrstuhl war schneller. Als Krüger unten ankam, sah er, wie der Hausmeister aus seiner Kabine kam und auf Professor Schulz zulief. Krüger zog sich den HSV-Schal vor das Gesicht. Der Professor sah ihn, ließ den Hausmeister stehen und rannte zum Ausgang. Tobias Krüger steckte die Pistole ein. Hier konnte er nicht schießen. Er hastete hinter dem Professor her. Die Schwingtür schlug ihm entgegen. Als er draußen war, sah er gerade noch, wie Hartmut Schulz nach links um die Ecke lief. Kein Zweifel, er wollte zur U-Bahn. Jetzt hatte Tobias Krüger freies Schussfeld. Leichter Schneeregen, dennoch gute Sicht. Krüger schoss. Der Professor stürzte zu Boden.

War es ein Kopfschuss? Ja, kein Zweifel, das war ein Kopfschuss. Krüger sah das Blut. Er wollte im Vorbeilaufen ein paar weitere Schüsse auf den am Boden liegenden Kerl abgeben. Zur Sicherheit. Aber die Waffe versagte. Er hielt kurz inne. Das Magazin war leer. Verdammt! Er war sich ganz sicher, dass er nach der Jagdszene im Stadtpark nachgeladen hatte. Oder doch nicht?

Egal, nichts wie weg! Krüger steckte die Waffe ein und ging mit raschen Schritten in Richtung U-Bahn. Hinter ihm schrie eine Frau. Krüger beschleunigte seine Schritte, fing an zu rennen. Er kam zu spät. Als er mit der Rolltreppe nach unten fuhr, verschwand die U2 gerade im

Gleistunnel. Das machte nichts. Die Bahn fuhr alle fünf Minuten. Zum Glück hatte Krüger nicht nur an die Waffe gedacht, sondern auch an genügend Alkohol. Er genehmigte sich einen ordentlichen Schluck Korn.

Ein Blick auf die Uhr. Tobias Krüger erschrak. Die ganze Aktion hatte viel länger gedauert als geplant. Das Spiel war aus, die Fans längst auf dem Weg nach Hause. Und sein Alibi war zum Teufel! Er nahm noch einen Schluck, band sich den blau-weiß-schwarzen Schal wieder um. Vielleicht war ja nicht alles verloren. Ein junger Mann neben ihm starrte auf sein Handy. Er hatte offensichtlich das Spiel verfolgt. »Wie ist es ausgegangen?«, fragte Krüger.

»Ausgegangen? Sie spielen doch noch.«

Ah, verdammt! Die Nachspielzeit! Krüger hatte nicht an die Nachspielzeit gedacht.

»Pauli führt«, sagte der Mann.

Das war völlig egal. Hauptsache, das Spiel war noch nicht zu Ende.

Als Krüger am Eingang ankam, ging gerade ein Aufschrei durch das Stadion. Der HSV hatte in der 93. Minute den Ausgleich erzielt. Krüger kippte sich einen weiteren Schluck aus der Flasche in den Rachen. Man kriegte schnell kalte Füße, wenn man hier im Freien herumstand. Das Spiel lief weiter. Wie lange sollte das denn noch dauern? Krüger trat von einem Bein auf das andere. Er hätte sich wärmer anziehen sollen.

Noch ein Schluck! Ja, da fühlte er sich gleich viel besser. Und dann, endlich, endlich war das Spiel aus. Tobias Krüger entdeckte seine Freunde sofort. Ingo mit der großen HSV-Fahne war nicht zu übersehen. Als er Tobias Krüger sah, nahm er ihm die Flasche ab und trank ein paar beherzte Züge. »Das war ein Spiel!«, sagte er. »Erst dieses verrückte Eigentor und gleich danach das 2:0.« Er schüttelte den Kopf.

Krüger hatte inzwischen den Überblick verloren, aber auch das war völlig egal. Seine Freunde und er schafften es, sich in einen der ersten Busse zu drängen. »Und dann dieser Schuss!«, rief er. »Aus vollem Lauf, 20 Meter, auf den Kopf – rein!«

»Was?«, lallte Ingo. So einen Schuss hatte er nicht gesehen.

Die U2 ab Hagenbeck war natürlich überfüllt wie immer. Krüger grölte: »Wir sind der HSV, ganzes Leben schwarz-weiß-blau! Wir sind der HSV, nur der HSV!«

Die Freunde sangen mit.

Tobias Krüger war begeistert. Vor allem von sich selbst. Er wollte noch einen Schluck aus der Kornflasche nehmen, aber sie war leer. Weg damit. Er zerrte an der Tür, doch sie ließ sich nicht öffnen. Ingo drückte auf Nothalt, löste damit die Türsicherung, und Tobias schmiss die Flasche in hohem Bogen nach draußen, quer durch den Tunnel. Die Bahn fuhr gerade in die Kurve vor dem Bahnhof Osterstraße. Krüger verlor das Gleichgewicht. Dass Ingo schrie, war das Letzte, was Tobias in seinem Leben hörte, als er nach draußen fiel und gegen den Pfeiler knallte.

HALBFINALE FÜR CHUCK

VON MATTHIAS BIELING

Polizeioberkommissar Bert Giesing blickte zu seinem Kollegen hinüber, der sich auf eine Fensterbank im Schlagschatten des Treppenaufganges fläzte. Matt schob Bert die Uniformmütze in den Nacken. Es würde noch heißer werden, bis das Spiel stattfand, und er würde bis dahin noch einige Dienststunden im Objektschutz abschwitzen müssen. Aber die Hitze war sicher ein kleiner Vorteil für die Mannschaft, die völlig unerwartet den Weg ins zweite EM-Halbfinale nach Dortmund geschafft hatte.

Berts Partner auf der Fensterbank trank einen Schluck aus der Wasserflasche, die er neben sich gelagert hatte. Beim Tippspiel auf der Wache hatte Bert im Gegensatz zu ihm auf den Sieg des Außenseiters am kommenden Mittwoch getippt. Es würde eine ganz ansehnliche Summe geben, wenn der große Favorit über die Betonabwehr des Underdogs stolperte. Dazu kam der beherzte Angriffsfußball der Überraschungsmannschaft und die Knipsereigenschaft des einzigen Stürmers, die Bert hoffnungsvoll stimmten. »Wundergranate« hatte die Presse diese Stürmerneuentdeckung getauft. Es galt als ausgemachte Sache, dass er demnächst in der Premier League zu einem Höhenflug ansetzen würde, und die Spekulationen, welcher Verein in England ihn bald unter Vertrag nahm, waren jeden Tag einen Bericht in den Sportkolumnen wert.

Am Abend des Halbfinales hatte Bert dienstfrei und er würde zum Public Viewing in den Westfalenpark gehen. Von dort konnte man gut hören, was vor sich ging im nahegelegenen Stadion mit den gelben Pylonen, das aus unerfindlichen Gründen für dieses Turnier den Namen BVB Stadion trug. Ansonsten war es nach einem Versicherungskonzern benannt und für alle richtigen Fans hieß es immer noch Westfalenstadion. Mit den Großbildleinwänden und der besonderen Stimmung war Public Viewing wahrscheinlich sogar besser, als das Spiel im Stadion zu verfolgen. Karten konnte er sich sowieso nicht leisten. Es würde ein tolles Fest werden und er freute sich darauf.

Bert hatte sich gerade alle Spieler nach der Rückkehr von ihrer Trainingseinheit beim Aussteigen aus dem Bus genau angesehen, bevor sie in der Kühle der Lobby verschwunden waren. Sie sahen alle topfit aus, waren hoch motiviert und kamen offenbar hervorragend mit dem Wetter zurecht. Beste Voraussetzungen also.

Schade, dass er allein gehen musste. Nachdem seine Frau ihn verlassen hatte, war er eine Zeit für sich geblieben und hatte sich nicht mehr um andere gekümmert. Er konnte nicht sagen, warum. Vielleicht aus Scham, vielleicht aus Bequemlichkeit. Jedenfalls hatten die Kollegen und Freunde irgendwann aufgegeben, sich um seine Gesellschaft zu bemühen. Klar, niemand mied ihn bewusst, das nicht, aber er gehörte eben nicht mehr dazu.

Die vor dem Hotel auf Autogramme lauernden Fans hatten sich ohne Ausnahme in den Schatten einiger Bäume zurückgezogen. Es war klar, dass so schnell niemand mehr herauskommen würde, denn die Spieler begaben sich nun auf ihre Zimmer zur Regeneration.

Irgendwie konnte Bert seine Ex-Frau verstehen: Schichtdienst, zu viele Überstunden und ständig diese Angst, dass ihm im Dienst etwas zustoßen könnte. Er hatte überlegt, den Beruf zu wechseln, aber was sollte er machen? Er hatte doch nur Polizist gelernt. Und der Mensch ist ein Gewohnheitstier, und so war er halt dabeigeblieben. Er redete sich ein, ihr wäre die Trennung nicht schwergefallen, weil sie keine Kinder hatten. Kinder, ja, die hätten alles verändert. Aber so war es nun mal nicht gekommen.

Im obersten Stockwerk des Hotels blickte Chuck Reiners den letzten Spielern und Betreuern nach, die miteinander plaudernd und scherzend zu ihren Zimmern schlenderten. Seinen Servierwagen hatte er nahe des Zugangs zum Treppenhaus in einer kleinen Nische abgestellt, um den Ausgang aus dem Lift nicht zu behindern. Aber keiner der Spieler hatte den Aufzug benutzt, alle hatten die Treppe genommen. Wohl aus Trainingsgründen, dachte sich Chuck.

Chuck hieß eigentlich Karl, fand jedoch, dass er für seine angestrebte Karriere einen eingängigeren Namen brauchte, und hatte deshalb auf Chuck gewechselt. Es hatte etwas gedauert, aber da er jeden korrigierte, der ihn Karl nannte, hatte es irgendwann geklappt und er war jetzt für jeden Chuck. Leider stockte sein Journalismusstudium an der Uni Dortmund etwas, denn er hatte die Zulassung zur Bachelorarbeit verpasst. Angeblich, weil er seine Eignung zur journalistischen Arbeit im Praxisteil nicht habe nachweisen können. Lächerlich! Und da die praktische Studienleistung nur zweimal wiederholt werden konnte, war jetzt eigentlich Ende Gelände.

Aber er hatte einen Plan.

Im Moment jobbte er im Hotel als Aushilfskellner. Gerade hatte er die Minibars überprüft und sie wieder aufgefüllt. Wasser, nur Wasser. Etwas anderes nahmen die Spieler nicht aus den kleinen Kühlschränken. Zuerst hatte Chuck sich ein wenig geärgert, dass er den mit allem Möglichen vollgestopften Servierwagen herumzerren musste, obwohl sowieso nur Wasser zum Auffüllen gebraucht wurde. Bis ihm klar geworden war, dass das auch seine Vorteile hatte.

Er zog ein Handy aus der Gesäßtasche und grinste in Richtung der kleinen molligen Frau, die am Ende des Ganges mit Kopfhörern hinter ihrem Staubsauger her tanzte und ihn von links nach rechts und vor- und zurückschob, offenbar im Rhythmus des Liedes, das sie hörte.

»She's a maniac ...«, dröhnte es aus Mahas Kopfhörern. Sie mochte diesen Regionalsender, den sie stets beim Saugen hörte, und heute gefiel er ihr besonders gut.

Vor ihr, nicht weit entfernt, öffnete ein Spieler mit einem Lächeln die Tür zu seinem Zimmer, drehte ihr den Rücken zu und betrat den Raum. In der Zeitung stand unter seinem Gesicht geschrieben, er hieße »Wundergranate«. Maha kicherte, »Knackhintern« wäre auch passend.

Sie vermisste viel hier, in ihrer neuen Heimat, aber dass sie nicht gucken durfte in Syrien, sondern züchtig den Blick gesenkt halten musste, dass vermisste sie nicht. Kein bisschen. Sie seufzte und kam ein wenig aus dem Takt. Ach, Maha, vorbei, verweht: das Kitzeln der hoch stehenden Sonne, das geschäftige Leben auf den Straßen und Plätzen, der Duft der Bäckerwagen …

Aber sie hatte gehen müssen, es gab dort keine Zukunft. Nein, die Flucht war richtig gewesen, und sie hoffte inständig, dass die Fremdheit weichen würde, je länger sie sich in diesem Land aufhielt.

Der Arbeitskollege, von dem sie wusste, dass er Chuck hieß, kam schnell den Flur hinauf auf sie zu, ein Handy in der Hand. Als er noch vier, fünf Meter von ihr entfernt war, fing er an, auf dem Display herumzutippen.

»She's a maniac …«

Sie begann wieder zu grooven.

Ein Knall, laut, sehr laut.

Aufgerissene Münder unter den Bäumen.

Stille. Eine Stille, die mehr erschreckte als der Knall.

Mahas Körper wusste, was das war, er hatte es nicht vergessen. Sie kauerte sich instinktiv mit dem Rücken zur Wand auf den Boden, legte den Kopf zwischen die Knie und verschränkte die Arme davor.

Berts Augen folgten dem Blick seines Kollegen nach oben. Aus den geborstenen obersten Fenstern des Treppenaufganges stieg eine Staubwolke in den Himmel. Berts Kollege streifte sich erstaunt Glasscherben von den Ärmeln.

Chuck presste den Rücken in die Nische, in der der Feuerlöscher montiert war, und kniff die Augen zusammen.

Verstörte Gäste rissen die Türen ihrer Zimmer auf.

Trotz der Lautstärke der Kopfhörer nahm Maha die Musik nicht mehr wahr.

Erneut ohrenzerreißendes Krachen, schlagend, unerträglich.

Die Staubwelle, die den Gang entlangrollte, wurde in die entgegengesetzte Richtung zurückgedrückt.

Mahas Verstand sagte ihr, dass das eine zweite Explosion gewesen war.

Hände legten sich auf Münder, entsetzte Augen blickten auf das Hotel.

»Es hat einen Anschlag gegeben, zwei Detonationen!«, brüllte Bert im Laufen in das Funkgerät. »Oberstes Stockwerk, Ausmaß noch nicht bekannt, keine Kenntnis über Personenschäden.«

Türen schlugen zu, Spieler und Betreuer rannten umher, Chaos brach aus.

Chuck sammelte sich. Wenn er berichten würde, was hier abging, live, wäre das der Beweis für seine journalistischen Fähigkeiten. Ja, das war sein Play-off, mit dem er alles wenden würde. Er musste anfangen zu berichten.

Menschen schrien, weinten, einige waren starre Säulen. Manche wandten sich zur Flucht. Einzelne versuchten, zum Hotel zu laufen, aber Berts Kollege verhinderte das mit ausgebreiteten Armen und schaffte es, sie zu stoppen.

Diese Chefredakteurin im Lokalsender, die würde Chuck anrufen. Die war immer auf seiner Seite gewesen. Er hatte sie sich warmgehalten. Die würde ihn berichten lassen.

Vorne am Aufzug hatte die erste Explosion die Lifttür halb herausgerissen. Der Servierwagen war zur Seite geschleudert worden, in seiner Nische jedoch ansonsten unbeschädigt, nur Scherben lagen verstreut am Boden. Auf dem Treppenabsatz ragten die Armierungseisen verbogen in alle Richtungen, eine Lücke aus Nichts klaffte zu den unteren Treppenstufen.

Maha traute sich, den Kopf wieder zwischen den Knien hervorzuheben. Ganz vorsichtig blickte sie sich um.

Chucks Gesicht war weiß gepudert vom Staub, der an seiner verschwitzten Haut klebte. Er tippte mit dem Zeigefinger auf einem anderen Handy eine Nummer ein und begann hineinzusprechen. In der anderen Hand, eingeklemmt zwischen Handfläche und Daumen, hielt er das Telefon von vorhin.

Draußen blickten die Menschen ängstlich auf die Eingänge zum Hotel und warteten, was passieren würde. Sie blieben gespannt an den Stellen, die Berts Kollege ihnen zugewiesen hatte.

Der Mann mit Namen »Wundergranate« lief nach rechts, an Maha vorbei. Hinten, am Notausgang zur Feuertreppe, blieb er stehen und spähte vorsichtig durch die geplatzte Glastür. Dann schüttelte er den Kopf.

Durch Berts Funkgerät rauschten ruhig und zielgenau die Anweisungen, die der ständige Stab zur Bewältigung der besonderen Einsatzlage gab. Bald würden Rettungswagen, die Feuerwehr und mehr Kollegen eintreffen, das Sprengkommando war in Gang gesetzt worden. Nun ging es um die Evakuierung der Hotelgäste, die Bert und seine Kollegen vornehmen sollten. Eigensicherung hatte natürlich Vorrang.

Maha hustete. Der Staub hing ganz feinkörnig in der Luft.

Vorne am Treppenhaus stauten sich einige Menschen, ein Betreuer versuchte, an dem Servierwagen vorbei über die Moniereisen balancierend die Lücke zur Treppe zu überwinden. Mithilfe von einigen stützenden Händen gelang es ihm.

Sie waren im Moment nur vier Polizisten, aber es gab klare Aufgaben. Der Einsatzstab wusste, was er tat, und die Trainings zahlten sich aus.

Maha stand auf und presste ihren Rücken gegen die Wand. Sie zwang sich zur Ruhe. Sie würde es schaffen, ihr würde nichts passieren.

Die Leitung stand. Chuck war erleichtert, dass alles klappte. So cool musste man erst mal sein.

»Wundergranate« rief seinen Kollegen etwas in seiner Sprache zu. Obwohl Maha ihn nicht verstehen konnte, dämmerte ihr, was er gesagt hatte, denn alle wandten sich nach vorn zum Treppenhaus.

»Wir unterbrechen unser Programm. Auf das Spielerhotel hat es einen Anschlag gegeben. Live vor Ort ist unser Kollege Chuck Reiners, der für uns berichtet«, tönte die Stimme der Radiomoderatorin aus Mahas Kopfhörern.

Zur selben Zeit verlangte die Einsatzzentrale über Berts Walkie-Talkie: »Brauchen Information: Gibt es Hinweise auf weitere Sprengsätze?«

Der von den Menschen verursachte Stau an der zerstörten Treppe wurde immer größer, da jeder versuchte, das Stockwerk so schnell wie möglich zu verlassen. Fast wäre es zu einem Absturz gekommen, weil zwei Flüchtende gleichzeitig versuchten, die Lücke zu überwinden, es aber nicht genug Hände gab, die dabei geholfen hatten.

Bert kämpfte sich die Treppe hinauf, die den Liftschacht umwand, gegen den Strom der von oben nach unten drängenden Menschen, die versuchten, das Hotel zu verlassen. Stumme, verzweifelte Menschen.

Chuck hastete an Maha vorbei zu »Wundergranate«. Das überflüssige Handy hatte er in seiner Gesäßtasche verstaut, in das andere sprach er seinen Bericht: »… überall verängstigte Menschen, die versuchen, sich in Sicherheit zu bringen. Hier ist Chuck Reiners und ich stehe am Ende der Etage, am Notausgang zur Feuertreppe, die von der zweiten Explosion komplett zerstört worden ist.«

»Rechts gehen, rechts gehen!«, brüllte der Polizist mit dem unaussprechlichen Namen, der an der Hintertür Dienst gehabt hatte. Er hatte vor Bert einige Stockwerke erklommen und leitete den abwärts drängenden Menschenstrom mit seinen Rufen und beherztem Schieben zu der gewünschten Seite.

Rechts gehen, damit kam auch Bert etwas schneller voran die Treppe hinauf. Er hatte keine Angst vor weiteren Sprengsätzen. Die Anweisung des Einsatzstabes war klar und er musste sie befolgen. Es kam sowieso, wie es kommen musste.

Chucks Blick ging nach vorn zum Treppenhaus mit dem Servierwagen und den Menschen, die sich am Treppenabgang vor der Lücke drängelten.

»Hier hinten kommt niemand runter. Es bleibt nur der gefährliche Balanceakt über die Treppe, die von der ersten Explosion halb zerstört ist ...«

Draußen bildeten sich aus geflüchteten Spielern und Betreuern erste Gruppen. Berts Partner scheuchte sie weiter vom Hotel fort.

»Wundergranate« eilte in Richtung Treppenhaus, bereitwillig machte man ihm Platz. Niemanden störte, dass er mit seiner natürlichen Autorität sofort die Leitung übernahm, mit Blicken bestimmte, wer als Nächstes klettern sollte und wer dabei helfen würde.

Einer der Polizisten begann, vor dem Hotel eine Gasse durch die leise miteinander raunende Zuschauermasse freizuschaufeln. Alles klappte gut, keine Anzeichen für Behinderungen, wie sie bei anderen Einsätzen oft von Gaffern verursacht wurden. Vielleicht waren ausländische Fußballfans anders?

Maha beobachtete, wie Chuck immer wieder mit der einen Hand nach seinem zweiten Handy griff, dem in der Gesäßtasche. Nach einer kurzen Berührung, so als wolle er sich nur der Existenz vergewissern, presste er es wieder tief in seine Hosentasche, während er weiter in das andere Mobiltelefon sprach.

Mittlerweile hatte Bert das oberste Stockwerk erreicht, ließ sich über die Lücke helfen und begann, mit »Wundergranate« über die weitere Evakuierung zu sprechen.

Chuck machte keine Anstalten, »Wundergranate« zum Treppenhaus zu folgen. Er verharrte am Ende des Flurs an der Notausgangstür zur zerstörten Feuerleiter und berichtete weiter live für den Lokalsender: »… die Nervosität ist spürbar. Nahe der Treppe reihen sich die verängstigten Menschen auf, um kletternd über das zerstörte Treppenhaus das Stockwerk zu verlassen. Wird es eine weitere Explosion geben? Das fragen sich alle …«

Maha sah Chucks Blick, der zwischen der Menschenschlange und seinem zur Seite geschleuderten Servicewagen hin- und herging.

Vor dem Hotel waren die ersten Fahrzeuge mit lautem »Tatütata« und kreisenden Blaulichtern angekommen. »Bis zum Eintreffen des Sprengkommandos wird es noch einige Zeit dauern«, knisterte das Funkgerät in Berts Hand.

Chuck tastete erneut nach dem Handy in seiner Gesäßtasche. Nur noch einen kleinen Augenblick, dann wäre der richtige Moment gekommen.

»… falls es einen weiteren Sprengkörper gibt, wird es Verletzte, vielleicht Tote geben. Hier ist Chuck Reiners, live von der Evakuierung des Spielerhotels, bei dem es bereits zwei Sprengstoffexplosionen gegeben hat.«

In diesem Moment wusste Maha, was vorging. Sie nahm die Kopfhörer heraus und ließ sie von ihren Schultern baumeln. Sie hörte Chucks Stimme ohne Kopfhörer: »Der Staub hat sich mittlerweile gelegt. Dramatische Szenen spielen sich ab …«

Maha stand nun vor ihrem Kollegen, stemmte die Fäuste in die Seite und suchte seinen Blick.

»… trotz allem diszipliniert warten, bis sie an der Reihe sind …« Chuck wurde unsicher. Was wollte die Frau von ihm? »… hier ist Chuck Reiners, live von der Evakuierung des Spielerhotels. Wir machen eine kleine Pause in der Liveschaltung und ich melde mich gleich wieder zurück.«

Er drückte auf die Lautlos-Taste seines Handys. Sicher würde die Moderatorin im Studio geistesgegenwärtig übernehmen und über anrückende Krankenwagen, fassungslose Sportfunktionäre und die Vermutungen von Experten plappern, welcher Sprengstoff verwendet worden sei.

Während »Wundergranate« einem weiteren Spieler half, über die Lücke zu den unversehrten Treppenstufen zu gelangen, blickte Bert zu Chuck und Maha herüber. Warum stellten die sich nicht an?

Die richtige Gelegenheit war gekommen. Es gab nur einen kleinen Stau neben dem Servicewagen. Perfekt. Aber diese Maha stand jetzt vor Chuck, er wurde nervös.

»Geh, stell dich an. Das Stockwerk muss geräumt werden«, versuchte er, sie zu verscheuchen.

»Du steckst dahinter!« Maha bemühte sich, ihre Angst zu unterdrücken. Sie musste stark sein. So stark wie damals an dem Checkpoint, als sie aus Aleppo geflohen war. Nur weil sie stark und bestimmt aufgetreten war, hatte man sie durchgelassen. Sonst wäre sie wahrscheinlich jetzt tot, begraben unter den Trümmern eines nach dem Treffer einer russischen Fassbombe einstürzenden Gebäudes. Oder erschossen von diesen Islamisten. Oder erfroren, verhungert, oder … egal. Stärke hatte ihr geholfen, alles auszuhalten, alles hinter sich zu lassen, zu überleben.

Stärke. Sie musste wieder Stärke zeigen. »Glaubst du, die Polizei wird nicht nachverfolgen können, woher die Materialien für die Sprengsätze kommen und wer sie gebaut hat?«

Was sagte sie? Nachverfolgen? Es hatte alles im Darknet gegeben, es war ganz leicht gewesen, alle Chemikalien, die Zündapparaturen, vorregistrierte, anonyme Handys, die die Zünder starteten, die Baupläne, einfach alles. Und nur wenige Tage später hatte der Paketbote die Sendungen gebracht, unscheinbare DHL-Pakete. DHL-Pakete, die aussahen wie Millionen andere, die täglich an Millionen Empfänger geliefert wurden.

Aber die Frau, die durfte nicht reden. Er musste sich etwas einfallen lassen.

Der Polizist blickte misstrauisch zu ihnen herüber.

Da der Mann vor ihr schwieg, wurde Maha mutiger. »Glaubst du, die Polizei wird nicht nachvollziehen können, von welchem Telefon die Explosionen ausgelöst worden sind?«

Chuck tastete erneut nach dem versteckten Handy. Er benutzte VPN, um mit dem TOR-Browser von einer Webseite für kostenlose, anonyme SMS das Signal zur Zündung zu versenden. Klar, wenn sie das Handy bei ihm finden würden, wäre es etwas anderes. Aber warum sollte sich jemand dafür interessieren, was einer der Überlebenden bei einem Sprengstoffanschlag für Handys bei sich hatte? Lächerlich! Keiner würde Chuck Reiners, der so ausführlich und genau aus dem Chaos berichtet hatte, nach Handys durchsuchen. Und wenn alles vorbei war, würde er das Handy verschwinden lassen. In den Tiefen der Ruhr oder sonst wo.

Das Funkgerät röchelte: »Es gibt die Befürchtung, dass es weitere Explosionen geben wird. Was ist los, Bert? Wie lange wird es noch dauern?«

Chuck blinzelte verstohlen hinüber zu dem Polizisten, der das Walkie-Talkie an sein Ohr hielt. Wie konnte er es schaffen, dass die Frau sich in die Nähe des Servicewagens begab? Damit wäre das Problem gelöst, sobald er die SMS losschickte. Sie würde dann nicht mehr reden können.

»Wundergranate« nickte Bert zu, als er ihn bat, für einen Moment alleine die Menschen über die Lücke auf den Fluchtweg zu leiten.

Wenn die Frau hier stehen blieb, musste er sie anders zum Schweigen bringen.

Ihn fröstelte.

Wie sollte er das tun? Ihr die Hände an den Hals legen und zudrücken? Nein, das wäre dumm.

Das Frösteln ließ ihn zittern.

Er tastete nach dem Handy und zog es heraus.

Aus den Augenwinkeln sah er, dass der Polizist herüberkam. Wieso blieb der nicht beim Servierwagen? Mist. Wie sollte er den loswerden?

36

Er musste handeln.

»Gib mir das Handy!« Maha streckte die Hände aus.

Chuck versuchte, sich zu zwingen, mit dem Zeigefinger über das Display zu wischen.

Es waren nur noch zwei Spieler, die warteten. Einer balancierte, von »Wundergranate« gehalten, über die Lücke an der Treppe am Servierwagen vorbei.

Chucks Finger gehorchte ihm nicht.

Der Polizist war da. »Was geht hier vor?«

Schick die SMS! Na los!

Mahas Finger berührten das Handy ganz leicht.

Behutsam zog sie ihre Finger mit Chucks Handy darin zurück.

Vorbei.

Wieso hatte er sich nicht rühren können?

Vorbei, vorbei, vorbei.

Wenn es geklappt hätte, wäre er im Finale gewesen. Sie hätten ihn sicher zur Bachelorarbeit zulassen müssen.

Aber es war vorbei, er hatte sein Halbfinale vergeigt.

Die Frau legte Bert das Handy vorsichtig in die Hand.

Der wusste zwar nicht, was los war, aber als er die verzweifelten Augen des Mannes sah, wurde ihm klar, dass er soeben Zeuge einer unglaublichen Geschichte geworden war.

»Was ist los, Bert?«, krächzte das Funkgerät.

Danach nahm alles seinen geordneten Gang: Maha erzählte alles, was sie wusste oder vermutete; Berts Kollegen nahmen Chuck in Gewahrsam; das Sprengkommando durchsuchte das ganze Hotel und entschärfte eine weitere

Bombe, die im Servierwagen versteckt gewesen war. Die Spurensicherung begann die Untersuchungen, Chucks Handy wurde dem kriminaltechnischen Labor zur Analyse zugestellt, ein Staatsanwalt beantragte einen Haftbefehl und Berichte wurden geschrieben.

Karl »Chuck« Reiners beschloss, vollumfänglich mit den Behörden zu kooperieren und sich nach der Verbüßung der zu erwartenden Haftstrafe eine Wohnung nahe des Borsigplatzes zu suchen, damit er als echter Borusse sein weiteres Leben allein dem Verein widmen konnte. Sein Fanblog ist heute ein großer Erfolg.

In den Sportkolumnen verdrängten Debatten darüber, welche Auswirkungen der Anschlag auf die mentale Stärke der Mannschaft habe, die Spekulationen über die Zukunft von »Wundergranate«. Manche Experten meinten, der Außenseiter habe das Halbfinale aufgrund der Vorkommnisse bereits verloren und man könne es genauso gut absagen.

Der Stürmer des Außenseiters vergab mehrere Chancen, das um einen Tag verschobene Halbfinale zu entscheiden. Da die »Wundergranate« damit verpufft war, wurde nichts aus seiner Premier-League-Karriere. Er spielt seitdem in einer der weniger bekannten europäischen Ligen.

Polizeioberkommissar Bert Giesing ärgerte sich nicht, dass er bei dem Tippspiel leer ausging. Er wusste, er würde sich sein weiteres Berufsleben im Neid der älteren Kollegen und in der Bewunderung der jüngeren sonnen können. Fortan begleitete ihn nämlich der Ruf, er habe den Halbfinal-Anschlag von Dortmund während der EM im Alleingang beendet und den Attentäter festgenommen. Gerne erzählt er auf Streife von jenem Tag.

Während das oberste Stockwerk des Hotels renoviert wurde, hing Mahas Foto eine Weile in der Lobby im Bilderrahmen mit der Aufschrift »Mitarbeiter*in des Monats«. Aber sie zuckte bei jedem Geräusch zusammen, fürchtete sich vor den Gästen und flüchtete von jeder Etage, wenn diese von einem Kollegen betreten wurde. Da sie offiziell kein Opfer eines Gewaltverbrechens geworden war, fühlte sich niemand für eine Therapie zuständig, und so suchte sie sich einen neuen Job als Raumpflegerin, bei dem sie nachts durch menschenleere, stille Büros tanzen konnte.

Radio hört Maha nicht mehr, nur noch Playlists.

GESTERN UND HEUTE –
FUSSBALL FOREVER

VON INA MAY

Mitte der 70er-Jahre

Sie würde noch oft an den Hilfeschrei denken. Doch das
Ende war kein Anfang.

Sie hieß Mira, weil ihre Mutter beschlossen hatte, ihre
Tochter nach einer Krimiheldin zu benennen. Das war vor-
ausschauend gewesen – obwohl die Mutter damals sicher
nicht mit einem Verbrechen gerechnet hätte.

Mutig sollte eine Frau in jedem Fall sein, hatte sie
gedacht. Manches Mal war Mira mutig, wenn sie beim
Servieren in der Bar nach den grapschenden Händen derje-
nigen schlug, die sich überschätzten. Freundlichkeit wurde
nicht immer richtig verstanden.

An einem der Barabende hatte das ein anderer übernommen. Ben Beckert, Spieler der Frankfurter Eintracht,
hatte einem Presseheini ein Bier über die Designerjeans
gekippt, der nach Miras Hand gefasst, sie herumgedreht
hatte und Anzüglichkeiten von sich gab. »Du hast wirk-

lich genug für heute, Walter«, hatte Beckert den Bericht-erstatter ermahnt.

Mira hatte ihn dafür auf die Wange geküsst, doch der Fußballer hatte den Kopf geschüttelt. »Nett, aber musste nicht sein.«

Nett, aber musste nicht sein. Natürlich, einige der Spieler hatten Freundinnen. Außerdem hatte Mira es gar nicht so gemeint. Es war nur ein Dankeschön gewesen. Sie war sich anschließend furchtbar dämlich vorgekommen. Ben Beckert, Stürmer, Ausnahmespieler, gut aussehend, klug und freundlich – und, wie es den Eindruck machte: ein Gentleman.

Der Abend würde sich hinziehen, wusste sie. Ein DFB-Pokalsieg wurde gefeiert. Die goldenen 70er-Jahre. Ben Beckert trug lange Haare und fuhr ein schickes Auto. Er war irgendwie ein Star. Das schrieb die Presse, und davon waren seine Fans überzeugt.

Mira hatte eine kurze Pause gemacht, sich in eine dunkle Ecke zurückgezogen, das Stimmengewirr für sich einen Augenblick abgeschaltet.

In ihre Ruhe hinein fragte Beckert: »Ich bräuchte dringend einen Kaffee, dazu vielleicht etwas Süßes, ein paar Kekse? Ich muss hier noch eine Weile durchhalten. Sie vielleicht auch? Hoffentlich, denn ich sitze nicht so gern allein in einer Ecke. Und wissen Sie … ich will mich nicht ansprechen lassen.«

Er hatte sich auch nicht küssen lassen wollen. Mira musste lachen. Ein Kaffee wäre eine wirklich gute Idee, die Kekse erst recht, dachte sie und nickte.

Ihr Chef sagte keinen Ton, als sie und Beckert mit den Tassen Kaffee und einer Schale mit Keksen ans andere

Ende der Bar gingen. Morgen würde er sie fragen, was da lief.

Mira hatte sich nichts gedacht und Ben Beckert fuhr sie nur nach Hause. Er fragte nicht einmal, ob sie sich wiedersehen würden. Er dankte ihr für den Abend und sagte etwas Komisches: »Zu schade, um es kurz zu machen.« Er sprach mit sich selbst, bemerkte sie. Er war nicht der Typ für etwas Festes, hatte er das gemeint? Dann hätte er etwas in den Abend hineininterpretiert, womit Mira nicht im Traum gerechnet hätte. Er spielte nicht in ihrer Liga, dessen war sie sich bewusst.

Jahre später

Doch die Verbindung riss nicht ab. Sie wurde nur anders. Durch Paul. Er war in Miras Leben geschneit, ein klein wenig hatte sie sich verliebt, Paul sich ein klein wenig mehr. Sein Sohn Dominik hatte sie vom ersten Moment an verehrt und Mira konnte sich ein Leben ohne die beiden nicht mehr vorstellen.

Sie erwähnte Ben Beckert ihm gegenüber nicht. Besser so.

Paul war ein echter Fan der Eintracht. Mit allem Drum und Dran. Ein liebenswerter Verrückter. Eine Perücke in den Vereinsfarben tragen, einen Song schreiben, ein Cape besorgen, zig Autogrammkarten der Spieler besitzen, das alles und mehr tat er für seine Eintracht.

Er wäre mit Ben Beckert gut bekannt, erklärte er freudig. Sie seien sogar ein wenig befreundet. Mira fragte nicht weiter.

Sie hatte Beckert für sich in eines der unteren Gedankenfächer gepackt und war überrascht, als sie den Anruf mitbekam. Was gesagt wurde, klang nach einer Drohung. Der liebenswerte Verrückte hörte sich anders an, als er zu Beckert sagte: »Ich weiß, aus welchem Stall du kommst, wer du wirklich bist.«

Ihr Paul, wahrscheinlich der größte Fan der Eintracht, der kein Spiel verpasste und die übrigen Fans in Stimmung brachte, weil es ihm Spaß machte, der zur Mannschaft hielt, auch wenn sie als Verlierer in die Kabine ging.

Am Tag darauf verließ Paul die Wohnung und kam nie mehr zurück. Wollte er nicht mehr zurückfinden?

Dominik war gerade acht Jahre alt geworden. »Papa ist meinetwegen gegangen«, sagte er und eine Träne lief über seine Wange.

War es möglich, konnte jemand so kalt sein? Nein. Diesen Paul hätte Mira irgendwann ertappt, und einen Mann, der nicht lieben konnte, hätte sie auch nicht »zurücklieben« können. Das Wort gab es vielleicht nicht. Aber es gab das Gefühl.

Er ließ sie beide im Stich – sie, Mira, das war okay – seinen Sohn, das war unmöglich.

Nicht, weil Dominik Hockey mochte und Fußball ablehnte. Ein kleines Drama hatte es gegeben, weil der Junge das körperkontaktlose Spiel mit Ball, einem Schläger und diversen Strafkarten dem Kicken vorzog.

Ben dagegen verstand den Jungen, die beiden mochten einander. Ben Beckert war kein aktiver Stürmer mehr, er beriet die Eintracht, wenn es um Talente ging, der ehemalige Star spielte nur noch zum Vergnügen.

Und irgendwann geschah es. Die Wiederholung des Abends in der Bar, an dem Mira und Ben Beckert vor Jahren Kaffee getrunken, Kekse gegessen und gelacht hatten. Dieses Mal liebten sie sich am Ende des Abends. Als hätte es niemals anders sein sollen.

»Ich mache mir Sorgen«, betonte er. Der Satz war nicht beendet, die Pointe fehlte. »Nimmst du es mir übel, wenn ich sage, um uns, Mira? Ich weiß nicht, ob man einen Menschen loslassen kann, an dem einem etwas liegt. Paul könnte zurückkommen – heute ist sein 30. Geburtstag.« Ben Beckert wusste, dass sie an Paul gedacht hatte. Schon wegen Dominik.

Seit diesem Gespräch waren viele Geburtstage von Paul Brause vergangen. Der liebenswerte Verrückte war nicht zurückgekommen. Die 80er-Jahre legten einen Sprint hin, Pauls Verschwinden ging ins siebte Jahr.

Dominik hätte seinen Vater gern davon überzeugt, dass auch Hockeyspieler Erfolge feiern konnten.

Mira dachte längst nicht mehr jeden Tag an Paul.

Im Rückblick war es die Ruhe vor dem Sturm gewesen.

Die Bauarbeiten im Waldstadion waren abgeschlossen. Endlich würde der Ball wieder rollen – auf dem neuen Rasen. Dann das Entsetzen. Dem Bürgermeister war aufgefallen, dass die Banden für die Werbung komplett erneuert werden mussten. Sie sahen einfach schäbig aus. Wann hatte man sie zuletzt saniert? Noch nie?

Verflucht. Ausgerechnet jetzt, nachdem die Arbeiten beendet waren, das neue Flutlicht erstrahlte und die Presse verkünden konnte: »Die Eintracht ist wieder zu Hause.«

Ben Beckert lächelte dazu, wie nur er es konnte – überzeugend. »Eine Sache, die gemacht werden muss. Namhafte Firmen, die ihr Geld gut investieren wollen.« Schichtarbeit. *Die* Idee. Die Banden, das wäre gleich erledigt.

Das wirklich Entsetzliche fanden die Arbeiter hinter einer der Banden in einem Hohlraum. Eine Leiche klemmte dort. Ein geöffneter Mund, als hätte die Person zuletzt aus Leibeskräften geschrien, was an und für sich nichts Ungewöhnliches war im Fußballstadion.

Der Mann war seit mehr als sieben Jahren tot. Die Vermutung bestätigte sich bald, die Reste der Kleidung verrieten mehr als der Schädel. Der auffallendste Fan in der Geschichte des Vereins, hieß es.

Paul Brause trug Ben Beckerts ehemalige Rückennummer, einen Vereinsschal; und überall auf den Stoffresten waren Zeitungsausschnitte festgetackert. Allesamt nur mit Mühe zu identifizieren, knittrig, feucht. Das Messer steckte noch in seiner Brust – den Artikel, den es durchbohrte, galt es erst einmal in einem Archiv ausfindig zu machen. Wie es aussah, hatte jemand eine große Boulevardzeitung erdolcht. Die Schlagzeile lautete: »Angriff auf Ordner wegen Äußerung – Ex-Fußballstar zeigt Nerven«.

Die Klinge war schmal und kurz, der Stich war nicht tödlich gewesen. Die Luft war irgendwann knapp geworden in dem Gefängnis hinter der Bande. Es könnte Tage gedauert haben. Grausam. Wer tat so etwas? Paul war freundlich, harmlos, liebenswert gewesen.

Mira wusste nicht gut genug Bescheid. Sie hatte keine Ahnung, was es wirklich hieß, ein Fan von jemandem zu sein. Sie begleitete Dominik zu den Hockeyspielen. Das war selbstverständlich. Toll.

Aber Fußball musste Ben ihr erklären.

»Ein paar Happen?«, schlug sie vor. »Das Geheimnis von Abseits vielleicht?«

»Ein paar Happen«, wiederholte Ben und schmunzelte.

Am Ende konnte Mira Dominik erläutern, dass sich ein Spieler in einer Abseitsposition befand, wenn er der gegnerischen Torlinie im Moment der Ballabgabe näher war als der vorletzte verteidigende Spieler. »Ich hätte mich vielleicht mehr dafür interessieren sollen. Dann hätte er mit mir geredet.«

Dominik umarmte sie. »Er wäre zurückgekommen, er ist nicht abgehauen.« Er versuchte, Mira zu trösten. »Was sollen wir jetzt machen? Jemand hat das getan. Einer hat ihn getötet. Wir müssen denjenigen finden!«

Dominik wusste nicht, was er ihr für eine Angst machte. Die Drohung am Telefon kam ihr in den Sinn. Was hatte Paul gewusst? Wie gefährlich war dieses Wissen für ihn gewesen? Konnte Ben … Nein. Verdammt. Das wollte sie nicht einmal denken.

Wer half einem, wenn man etwas über einen Menschen erfahren wollte? Eine Detektivagentur. Zu kostspielig. Zu undurchsichtig. Zu irgendwas. Das konnte sie nicht.

Du selbst, sagte sie sich und dachte wieder an ihre Mutter, ihren Namen, den sie mit einer Krimiheldin teilte, und Mut. Mira würde Ben einige Zeit folgen. Wie das gehen sollte, das wüsste sie erst, wenn sie den ersten Schritt machte. Den ersten Verfolgerschritt.

Sie kramte ihre älteste Kleidung aus Kartons auf dem Dachboden. Man hob vieles auf und sah damit wahrhaftig anders aus; die alte Lederjacke, die Hose mit den Aufnähern, die Jeansbluse, die Boots, ein schwarzer Brixton, unter dem sie ihr Haar verbergen konnte, Smokey Eyes, dazu ein knallroter Lippenstift. Ein Look, über den sie jetzt lachen musste, früher einmal hatte sie diese Sachen geliebt.

Sie hoffte, Ben Beckert würde nicht einmal einen Blick riskieren, was er auch nicht tat.

Es war noch nicht dunkel, doch es dämmerte bereits. Er fuhr zum Stadion. Mira folgte ihm.

Auf wen sie dort traf, damit hätte sie nicht gerechnet. Dominik.

Mit seiner Taschenlampe saß er an der Werbebande, die eigentlich von der Polizei abgesperrt worden war. Dafür würde es Ärger geben; ihm war es gleich. Sein Vater war dort hineingepfercht und zum Sterben zurückgelassen worden.

Sie würde nicht gehen und Dominik hier alleinlassen; er hatte viel zu lange angenommen, dass Paul sie beide alleingelassen hatte.

Aus welchem Grund war Ben hier? Er stand vor dem Jungen. »Dominik.« Eine Feststellung.

»Ben?« Ein wenig Erstaunen.

Mira schüttelte den Kopf.

Dominik wollte es wissen. »Hast du meinen Vater umgebracht?«

»*Das* hast du jetzt nicht gefragt«, gab Ben zurück, Entsetzen und Unglaube in der Stimme. Er drehte den Kopf, sah sich im Stadion um, als würde er es zum ersten Mal aus einer anderen Perspektive sehen.

Mira stand seitlich von ihm, hatte sich geduckt, er bekam nicht mit, dass sie da war.

Dominik sagte: »Mein Vater wusste etwas über dich – etwas Schlimmes? Vielleicht kann ich glauben, dass du das nicht getan hast, aber was, wenn jemand es für dich getan hat?«

Peng. Ben reagierte, als wäre er von einem Geschoss getroffen worden. Er ging in die Knie, berührte die Wand und setzte sich anschließend zu Dominik.

»Für mich? Wegen mir? Scheiße.«

»Doppelscheiße«, sagte Dominik.

Er griff nach Bens Hand, der sie festhielt. »Du hast recht, Paul wusste etwas über mich. Schlimm ist Sache des Betrachters. Für mich war es schlimm, irgendwie. Mein Urgroßvater war mit einem Kickschuhhersteller befreundet. Und meine Familie brachte für diese Marke hochwertige Schuheinlagen auf den Markt. Die beiden alten Herrschaften waren enge Freunde gewesen. Und ich sitze im Vorstand des Familienunternehmens, habe aber immer mit den Schuhen einer anderen Firma gespielt.« Ben lachte kurz auf. »Paul hatte irgendwie die Zusammenhänge herausbekommen und gesagt, er würde es auf seinem Shirt drucken lassen, aus Spaß: Ben Beckert, Schuhbetrüger.«

»Das geht gar nicht«, hauchte Dominik.

Mira schluckte. Paul hätte das dem Freund nicht angetan. Oder?

Dominik und Ben sahen drein, als wäre ihnen gerade ein Licht aufgegangen. Mira steckte noch im Gedankendunkel.

Den Schatten sah sie erst, nachdem sie die Stimme gehört hatte. »Natürlich – du musstest ja herkommen. Blödmann. Du hast es nie kapiert. Der Typ, dieser Paul, war ein Fan – wie tausend andere. Wer vermisste ihn schon, hm? Du doch nicht, du wolltest die Freundin. Er hätte dich fertiggemacht, danach der Verein, die Verantwortlichen, die Kollegen, Freunde, die Zeitungen und Magazine. Kein

Starkicker mehr. Ein beschissener Lügner.« Er spuckte es aus. »Ich hab dir also einen Gefallen getan. Wird nicht der einzige sein, Bruder.«

Bruder. Mira wiederholte es für sich. Bruder. Dominik war in Gefahr. Mira konnte nur an ihren Sohn denken.

Ben auch. »Da musst du an mir vorbei.« Seine Stimme eiskalt.

Böse Gedanken tummelten sich hinter Miras Stirn. Es war kein Tag zum Sterben. Mut. Zusehen, wie etwas Übles geschah, würde sie nicht.

Reste von Baumaterial lagen noch im Stadioninnenraum. Holzbretter. Sie war vorhin daran vorbeigelaufen. Sie schlich zurück, geduckt. Versuchte, die Stimmen nicht zu verlieren.

Leise. Sie nahm ein schmales Holzstück von dem kleinen Stapel. Wog es in den Händen, stellte sich breitbeinig auf. Sie war nicht klein. Nun musste sie dazu schnell sein.

Sie hoffte, Bens Bruder wäre zu beschäftigt und würde sich nicht umdrehen. Auf dem Rasen lief Mira rasch und lautlos, sie ließ sich keine Zeit, zögerte nicht. Als sie nahe genug war und hinter der Gestalt stand, holte sie aus und drehte das Holz, sodass die Kante Pauls Mörder seitlich am Kopf traf.

Ben und Dominik sprangen beide auf, zwei Stimmen, die wie eine klangen. »Mama. Mira.«

Bens Bruder war zusammengebrochen. Sie sah auf ihn hinunter. Er atmete nicht mehr.

Mira kniete sich neben ihn. Er war gut aussehend, fiel ihr auf, was gar keinen Sinn ergab. Er war tot. Seitlich im Brett ragte ein Nagel heraus, der in die Schläfenregion eingedrungen war.

Sie hatte Mord mit Mord vergolten. »Das wollte ich nicht.«

»Aber er wollte es. Wir müssen schnell sein. Dieses Grab ist wieder frei.«

Ben hatte es ausgesprochen: Grab. Dort drin wäre Platz, es fühlte sich an, als wäre ein Igel in ihrem Magen. Mira wusste nicht einmal, wer er war. Sein Name. Wen hatte sie getötet? Sie wollte es nicht wissen.

Dominik umarmte sie. »Er hat Papa umgebracht und er hatte böse Augen. Es ist nur gerecht, Mama.«

Sie sah ihrem Sohn zu, der Ben half, den Toten hinter die Bande zu bugsieren, die Bretter wieder zu arrangieren und zu befestigen. Das gelbe Band flatterte davor im leisen Wind.

Mira nahm das Holzstück auf, wischte im Gras das Blut vom Nagel, rieb mit ihrem Ärmel über das Holz auf beiden Seiten. Nach Fingerabdrücken würde wohl niemand suchen.

Jemand würde nach *ihm* suchen. Sicher. Aber nicht hier.

Ben hakte auf einer Seite Dominik unter, auf der anderen Mira. Sie mussten hier weg, am besten all die Gruselgedanken zurücklassen.

»Ich würde gern mal ins Tor und du knallst mir ein paar Bälle entgegen. Dann bekomme ich ein bisschen Ahnung vom Fußball, was meinst du – hätte Paul das gefallen?«, fragte Dominik.

»Das ist anzunehmen. Hey, ich war übrigens kein übler Stürmer, also Vorsicht, Dominik Brause.«

VIERTELEFINALE

VON VERONIKA WIELAND & EDI GRAF

Jede Ähnlichkeit mit kickenden Personen oder tatsächlichen fußballerischen Ereignissen ist rein zufällig und nicht beabsichtigt.

»Witwe«, sagte die attraktive, in düsterstem Schwarz gekleidete Frau tonlos. »Ich bin Witwe.«

Drei Worte, die mich einen lukrativen Auftrag wittern ließen. Noch konnte ich nicht ahnen, dass ich wenige Tage später, während des Viertelfinales der Europameisterschaft 2024 in der Stuttgart Arena, einen Mordanschlag nur dank eines vermeintlich verschossenen Elfmeters überleben würde. Doch dies verrät schon zu viel von der letzten Spielminute dieser mörderischen Begegnung. Zurück zum Anpfiff:

Eine junge Frau mit dem mädchenhaften Lächeln Rotkäppchens hatte mir an jenem schicksalshaften Tag die von einer rot blinkenden Kamera bewachte Tür geöffnet. In der luxuriösen Stadtvilla in bester Stuttgarter Halbhöhenlage wohnte der weltbekannte Fußballfunktionär Siegwart Meinrat Bällerle. Oder besser: hatte gewohnt.

»Bidde?«, hatte Rotkäppchen mit schwäbischem Zungenschlag gesagt, und ich hatte ihr meine Visitenkarte gereicht:

»Kommissar Zufall«
Ihr Spezialist für ungelöste Todesfälle aller Art.
Ermittlungen nach Maß und Auftrag.
Diskret. Erfolgreich. Undercover.

»Kommissar Zufall« steht bis heute in Anführungszeichen auf meiner Visitenkarte, und das aus gutem Grund, denn ich bin Privatdetektiv. Ich verwende den Dienstgrad »Kommissar« ausschließlich als Teil meines Pseudonyms. Mein richtiger Name ist Rainer Tsuval und ich wollte als Kind zur berittenen Polizei. Die Ausbildung bei der Reiterstaffel quittierte ich bereits im Auswahlverfahren, als ich Stute und Rüde verwechselte. Ich kopierte heimlich den Dienstausweis des leitenden Hauptkommissars der Mordkommission und kreierte aus meinem Traumberuf Kommissar und meinem Nachnamen mein Pseudonym.

Rotkäppchen hatte auf die Karte gestarrt und mich mit den Worten »Kommet Se rei!« in das Entree gebeten. »En kloina Moment, gell.«

Sie war in einem der angrenzenden Zimmer verschwunden. Während ich das von Fußbällen, Pokalen und farbigen Spielerporträts geprägte Interieur betrachtete, wanderten meine Gedanken zurück.

Eine sympathisch klingende Frauenstimme hatte mich vor einer knappen Stunde am Telefon gebeten, die »Bällerle-Villa« aufzusuchen. Als ich kurz darauf unter der von schwarzem Trauerflor umrahmten Querlatte des Tors hindurch das Anwesen betrat, wusste ich bereits, dass ich in einem Todesfall ermitteln würde. Der hinreichend als einfluss- und mehr noch als steinreich bekannte ehemalige Torjäger des VfB Stuttgart und jetzige Fußballfunktionär war laut jüngsten Netzkommentaren am Tag zuvor überraschend verblichen. Mit schwarzer Trauerbinde über dem Ärmel meines Trikots wartete ich gefasst in Bällerles Villa. Eine Tür wurde geöffnet und *sie* trat ein. Ganz in Schwarz.

Ihr Gesicht versteckte sich hinter einer viel zu großen dunklen Sonnenbrille, akkurat glänzte der offensichtlich frisch aufgetragene Nagellack, ebenfalls schwarz. Ich erriet rasch, mit wem ich das leichenhafte Vergnügen hatte. Für eine Hausangestellte war sie zu luxuriös gekleidet, und ihre hohen Absätze erschienen mir unpassend, um die vielen Treppen der Villa mehrmals täglich zu überwinden. Ihre Brüste, die mit Hilfe eines etwas zu tief geratenen Dekolletés gütlich zur Geltung gebracht wurden, waren – da war ich mir sicher – keine Laune der Natur, sondern das Handwerk eines plastischen Könners. Ich verkniff mir, ihr charmant als »Tochter des Verstorbenen« zu schmeicheln, und fragte, nachdem ich mich vorgestellt hatte, ganz einfach:

»Und Sie sind …?«

Ich bekam die eingangs zitierte Auskunft: »Witwe. Ich bin Witwe.«

Ich versuchte, mir dieses beeindruckende Wesen an der Seite des übergewichtigen und meist unrasierten Bällerle vorzustellen. Ihre Stimme, die für meinen Geschmack in der Situation einen Hauch zu erotisch klang, beendete mein Kopfkino.

»Ja, Witwe«, hauchte sie. »Und zwar seit genau 11 Stunden und 13 Minuten, wenn ich beim Ableben meines

Gatten richtig auf die Uhr gesehen habe. Das Tor in der 77. Minute war grade gefallen, als auch das Glas fiel. Zu Boden. Mundgeblasen. Von Salco.«

»Ein Fußballspieler?«

»Nein. Weinglas-Designer! Einer der besten. Und teuersten. Schade um das Glas!«

Irritiert starrte ich sie an. Meine Auftraggeberin war also Uschi-Eva Bällerle, und ich schätzte mich glücklich, von dieser schwarzen Witwe engagiert worden zu sein.

»Darf ich fragen, wie Sie auf mich gekommen sind?«

»Eine Empfehlung meines Mannes. Oder muss ich jetzt ›Ex-Mannes‹ sagen?«, fügte sie unsicher hinzu. Eine Frage, die schwer zu beantworten war. Sie war durch sein Ableben Witwe geworden. Aber er? Ex-Mann? Witwenmacher?

»Das ist sehr nett von Ihrem Mann«, gab ich galant zurück.

»Er hatte Ihr Buch gelesen. Sie haben Ihre ungewöhnlichen Ermittlungsmethoden um den Mord an einem Nationalspieler während der Fußball-WM 2018 wohl sehr eindrucksvoll in einem Krimi beschrieben.«

»Russland-Cup«, ergänzte ich zustimmend. Eine abenteuerliche Reise hatte mich ins Land der WM 2018 geführt und mir die Bekanntschaft mit dem damaligen Trainer der deutschen Fußballnationalmannschaft eingebracht, eines gewissen Jogi Löw.

»Mein geliebter Meinrat sagte damals: ›U.-Eva‹ – so nannte er mich immer liebevoll ...«, Uschi-Eva schluchzte und fuhr fort: »›U.-Eva‹, sagte er, ›wenn wir einmal die Hilfe eines Privatdetektivs benötigen sollten, nehmen wir diesen Kommissar Zufall!‹«

Die schwarze Witwe bat mich, im Salon Platz zu nehmen. Dort stand ein junger Mann in weißem Trikot mit rotem Brustring, schwarzen Fußballshorts und Strumpfstutzen an einem Fenster und blickte hinaus. An seiner Seite lehnte Rotkäppchen. Als er uns kommen hörte, wandte er sich um und schenkte der Dame des Hauses ein Lächeln. Das Mädchen hingegen zuckte zusammen und nahm sofort Haltung an.

»Sie kennen sicher den Namen Hattrick Knipser«, stellte mir die schwarze Witwe den Jüngling vor.

Ich nickte. Der talentierte Stürmer des VfB Stuttgart und größte Hoffnungsträger der deutschen Nationalmannschaft galt trotz seiner erst kürzlich beendeten Zeit in der U 19 schon jetzt als einer der Stars der Fußball-Europameisterschaft 2024.

»Er war ein Protegé meines verstorbenen Mannes – oh Gott, wie das klingt! – und hat noch immer ein Zimmer in unserem Haus. Wir sind eine große Familie.«

Familie?, schoss es mir durch den Kopf. *Die hat doch was mit dem!* Aber ich säuselte: »Und die bezaubernde junge Frau ist sicher das reizende Töchterchen?«

Ich musste beobachten, wie die Hausherrin Rotkäppchen mit strengem Blick aus dem Salon komplimentierte. *Konkurrentin entsorgt*, dachte ich. *Treffer!*

»Aber nein, wo denken Sie hin!«, entrüstete sie sich. »Rabona Sturm ist unser Mädchen für alles. Waschen, kochen, bügeln, saugen! Und während der EM arbeitet sie in der VIP-Lounge der Stuttgart Arena. Mein Mann wollte seine Gäste in der Lounge nur von vertrauten Personen bewirten lassen. Diskretion, Sie verstehen, was ich meine. Und Rabona geht – verzeihen Sie – sie *ging* meinem geliebten Meinrat zur Hand, wo immer es nötig war. Rein geschäftlich natürlich.«

»Natürlich! Apropos Meinrat, ich würde gerne erfahren, wie Ihr Ex – also ich meine Ihr ... wie der werte Siegwart Meineid zu Tode kam.«

»Mein*rat*«, korrigierte sie und kämpfte mit den Tränen. »Bitte entschuldigen Sie. Es kam alles so plötzlich. So unerwartet. Es war sein Herz!«

»Und wo?«

»In seiner Brust. Es hat ganz einfach aufgehört zu schlagen.«

»Sie waren bei ihm?«

Sie nickte.

»Wir hatten gestern Abend gemeinsam das EM-Spiel angeschaut. Er war so stolz auf unseren Protegé.«

Sie nickte Hattrick zu, der daraufhin das Weite suchte, und fuhr fort: »Er hatte sich so darauf gefreut. ›Warte, wir werden Europameister!‹, hatte Meinrat gesagt und seinen Lieblingswein aufgemacht. Aus den steilsten Lagen Stuttgarts. Seinen geliebten Lemberger-Trollinger. Er trank täglich ein Viertele, das war ein festes Ritual. Es ist ein Trost für mich, dass er mit seinem Wein auf der Zunge starb.«

»Während des Spiels?«

»Ja. Hattricks Tor hat er noch miterlebt. Dann war er im Abseits. Er ließ das Glas fallen, und nachdem ich die Scherben aufgelesen und entsorgt hatte, war er im Jenseits.«

»Moment!«, hakte ich nach. »Sie haben sich zuerst um die Scherben gekümmert und dann um Ihren Gatten?«

»Selbstverständlich! Wenn er mitbekommen hätte, dass das teure Designerglas zu Bruch ging, das hätte er nicht überlebt! Außerdem war Meinrat ein Perfektionist. Er wollte es immer peinlich reinlich und aufgeräumt. Schauen Sie da drüben, das Regal: Jeder seiner Pokale aus seiner aktiven Spielerzeit hat dort seinen festen Platz. Er hat sie täglich abgestaubt. Inzwischen hat er sich von den meisten getrennt, sie an Kindergärten verschenkt, die sie zu Auktionen gaben und so zu Geld kamen. Auch seine geliebten Fußbälle hat er für wohltätige Zwecke versteigern lassen. Ach, er war ein so guter Mensch, ein Wohltäter. Ich hatte noch so viel mit ihm vor.«

Und jetzt bist du frei – und reich!, war ich versucht zu ergänzen, beließ es aber bei dem Gedanken.

»Es war so schrecklich!«, lamentierte sie. »Er saß in seinem Sessel, genau dort, wo Sie jetzt sitzen. Apropos, darf ich Ihnen etwas zu trinken anbieten? Wir haben einen ausgezeichneten Lemberger-Trollinger. Die Flasche, aus der mein Mann trank, ist zwar leer, aber ich mache Ihnen gerne einen auf.«

Ich schüttelte den Kopf. »Danke. Nicht nötig. Wie ging es denn mit Ihrem Gatten weiter?«

»Es ging überhaupt nicht weiter! Er war tot! Ich wartete das Ende des Spiels ab – es gab noch drei Minuten Nachspielzeit –, dann rief ich den Bestatter an.«

»Sie haben im Ernst das Ende des Spiels abgewartet?«

»Natürlich! Meinrat hat es verboten, dass man ihn in den letzten Spielminuten stört.«

»Und Sie haben keinen Arzt verständigt?«

»Unser Nachbar ist Arzt! Er hat den Tod meines Mannes festgestellt.«

»Das heißt, Sie haben diesen Arzt vor dem Bestatter angerufen?«

»Nein. Er war schon da! Wir haben das Spiel zusammen geschaut.«

Prima, ein Zeuge!, dachte ich, und laut fuhr ich fort: »Aha, interessant. Ihr Mann, Sie und Ihr Nachbar, der Arzt. War sonst noch jemand dabei?«

»Wobei dabei?«

»Beim Fußballspiel. Ihre Hausangestellte vielleicht?«

»Nein. Die hatte zu tun. Rabona wird nicht fürs Fußballgucken bezahlt!«

»War sonst noch jemand hier?«

»Der Postbote.«

»Der Postbote?«

»Mhm. Er brachte ein Päckchen für Meinrat. Einen Fußball. Meinrat liebte Fußbälle. Er war der Meinung, dass ein Näher, der seine Nadel über tausend Mal durch dicken Kunststoff stecken muss, für jeden Stich bezahlt werden sollte. Er ließ sich seine Bälle aus Pakistan zuschicken und sandte das Geld in bar direkt nach Asien.«

»Der Postbote also. Sonst noch jemand?«

»Nur der Pizzaservice.«

»Der kam auch während des Spiels?«

»Ja. Eine Kwattrostatzioni, eine Kalzone und eine Fruttidimare. Eine halbe ist noch übrig. Darf ich Ihnen ein Häppchen warm machen lassen?«

»Hm …« Ich hatte an dem Tag noch nichts gegessen.

»Es war Meinrats Lieblingspizza!«

Ich lehnte abermals dankend ab. »Hat jemand von diesen Personen das Ableben Ihres Mannes mitbekommen?«

»Nein. Unser Nachbar war kurz nach Hause gegangen, um nach seiner Frau zu sehen. Die schaute das Spiel mit einem anderen Nachbarn, und *unserem* Nachbarn war das nicht geheuer.«

»Wann kehrte er zurück?«

»Kurz nachdem er den Nachbarn rausgeworfen hatte. So in der 88. Minute. Da war Meinrat schon elf Minuten tot.«

»Das heißt, zum Todeszeitpunkt Ihres Ex-Mannes waren Sie mit ihm allein in diesem Raum?«

»Richtig. Aber warum wollen Sie das alles denn wissen?«

»Nun«, sagte ich, »wenn man mich damit betraut, die Ermittlung in einem Todesfall zu übernehmen, ist jede Kleinigkeit von Bedeutung.«

»Aber weshalb denn Ermittlung in einem Todesfall?«, fragte sie fast entrüstet. »Ich möchte, dass Sie den verschwundenen Fußball finden!«

Ich glaubte, mich verhört zu haben, und überlegte einen Moment, das Zimmer nach einer Kamera aus »Verstehen Sie Spaß?« abzusuchen. Ich ließ mir meine Irritation vorsorglich nicht anmerken. Dennoch erlaubte ich mir ein rasches Überschlagen des Honorarverlusts. Konnte ich bei einer reichen Auftraggeberin für die Suche nach einem verschwundenen Fußball dasselbe einstreichen wie für die Suche nach einem Mörder?

Sie deutete auf einen silbernen Sockel, auf dem ein Lederball thronte.

»Der da drüben!«

»Aber … der Ball ist doch da!«, hakte ich überfordert nach.

»Der schon! Das ist der Ball, den der Postbote brachte. Zuvor lag auf dem Sockel aber ein anderer Ball. Meinrats neueste Errungenschaft und ganzer Stolz. Ein gechipter Ball der EM 2024.«

»Und seit wann fehlt dieser Ball?«

»Ich habe sein Verschwinden erst bemerkt, als Meinrat schon verschieden war.«

»Hm«, machte ich erneut. »Also der Postbote? Der Pizzabäcker? Der Nachbar? Hätten die denn Gelegenheit gehabt, den Ball mitzunehmen?«

»Nein.«

»Der Bestatter«, dachte ich laut, nicht ahnend, wie nahe meine Vermutung der Wahrheit kommen sollte.

»Wer ist Ihr Bestatter?«

»Warum meiner? Meinrats meinen Sie hoffentlich!«

Ich nickte genervt.

»Das Institut heißt ›Leichen-Smrt & Co.‹«

Ich unterdrückte mein Schmunzeln, denn »Leichen-Smrt & Co.« war der Betrieb des Mannes, der mir aufgrund seiner Erfahrung und seines Talents schon bei so manchem Fall eine unschätzbare Hilfe gewesen war.

Fast alle wirklich Großen dieser Welt haben im Doppelpack gearbeitet. Keiner spricht von Sherlock Holmes, ohne Dr. Watson zu nennen, keiner denkt an Derrick ohne Harry, und Oliver Hardy wäre ohne Stan Laurel nur Dick, aber nicht Doof geworden. In Doktor James Smrt hatte ich, als ich mich ermittlungstechnisch selbstständig machte, meinen persönlichen »Harry« gefunden. Smrts Vorfahren stammten aus Tschechien und sein Name war Programm: *Smrt* bedeutet Tod. Er war studierter Notarzt und Pathologe, gleichzeitig leitete er ein modernes Bestattungsunternehmen, bei dem er als Totengräber fungierte. »Synergieeffekte nützen«, lautete seine Devise und sein Motto: »Heute gestorben, begraben schon morgen!« Sobald sich bei einem seiner Klienten Unregelmäßigkeiten einstellten, schaltete er mich ein, was mir einige lukrative Aufträge beschert hatte.

Mein Handy vibrierte. Die vier Buchstaben des Anrufers auf dem Display ließen mein Schmunzeln zu einem breiten Grinsen werden: Smrt!

»Ich habe da einen interessanten Fall auf dem Schragen, junger Freund«, sagte er. »Eine Leiche namens Bällerle.«

Eine knappe halbe Stunde später saß ich in der Stuttgarter Dependance von »Leichen-Smrt & Co.«. Vor mir stand, in Ausübung seiner Lieblingstätigkeit, der alte Leichenfledderer Doktor James Smrt und betrachtete seine in Rückenlage ausgebreitete Kundschaft.

»Schön, dass Sie Zeit haben vorbeizuschauen, wertester Kommissar Zufall. Da bei dieser aktuellen Unregelmäßigkeit im Leichengeschäft ein Fußball involviert ist, habe ich sofort an unsere gemeinsame Erfolgsstory während dieser jämmerlichen Fußball-WM 2018 gedacht. Gestatten Sie bitte zuvor, dass ich mich noch ein wenig um diesen Klienten kümmere, bevor wir hier noch eine Duftkerze brauchen.«

Smrt machte sich an der Gesichtspartie des Verblichenen zu schaffen. Seine hagere Figur entsprach seinem Namen und er trug den eleganten schwarzen Anzug des Bestatters samt Zylinder auch bei seiner Arbeit als Pathologe. Er schüttelte den Kopf.

»Lemberger-Trollinger, eindeutig. Welch beneidenswerter Tod! Und doch gibt es etwas, was mich irritiert«, sinnierte er laut.

»Und was?«, fragte ich, wenig überrascht.

»Das Runde«, antwortete er trocken und deutete durch Neigen seines Kopfes auf einen Fußball, der unter dem Leichenschragen lag. Es schien der Zwilling des Balls auf dem silbernen Sockel in der Bällerle'schen Villa zu sein. Mein

Zielobjekt! Nur selten hatte ich einen Auftrag schneller erledigt. Gut für die Reputation, schlecht fürs Geschäft. Halber Tagessatz!

»Was irritiert Sie an diesem Fußball?«, fragte ich.

»Er stammt aus der Wohnung dieses Verblichenen und birgt ein Geheimnis.«

»Sie haben ihn gestohlen?«

»Na, na! Er hat sich mir quasi aufgedrängt. Als ich den offenen Blechsarg aus dem Salon bugsierte, um ihn auf meinen Smart zu hieven, muss ich den Ball vom Sockel gestoßen haben.«

In der Tat war Smrts schwarzer Smart der Leichenwagen von »Leichen-Smrt & Co.«. Da es im Inneren nicht genügend Platz gab, pflegte er den Sarg auf dem Dachträger zu befestigen und wie eine Skibox zu transportieren, ein Patent, das er noch anzumelden gedachte.

Smrt sprach weiter: »Der Ball muss, von mir selbstverständlich unbemerkt, zu seinem Herrchen gehüpft sein, bevor ich den Deckel schloss. Als ich die beiden hier im Institut auspackte, habe ich mir den Ball genauer angesehen und bei den Nähten der Außenhülle Unregelmäßigkeiten entdeckt. Ich habe es für sinnvoll erachtet, die Obduktion des Balles der des Verstorbenen vorzuziehen. Dabei bin ich, neben Materialien wie Polyester, Maisfasern, Zuckerrohr und Gummi, auf Spuren eines weißen Pulvers gestoßen, das im Innern eines Fußballs nichts zu suchen hat!«

»Sie machen mich neugierig«, gab ich zu, und Smrt konfrontierte mich schonungslos mit seiner Entdeckung:

»Man hat diesen Fußball offensichtlich benützt, um in seinem Inneren Drogen zu transportieren! Einwandfreie Ware – ungestreckt!«

Die Worte der schwarzen Witwe fielen mir ein: *Meinrat liebte Fußbälle … Er ließ sich seine Bälle aus Pakistan zuschicken und sandte das Geld in bar direkt nach Asien …*

Ich erzählte Smrt davon und fragte: »Sie meinen, er hat Fußbälle als ›Bodypacker‹ benützt?«

»Gewiss. Um in deren hohlem Körper ›verschlucktes‹ Kokain zu transportieren.«

»Das hieße doch aber, der Gutmensch Siegwart Meinrat Bällerle wäre in Wirklichkeit ein gwiefter Dealer?«

Smrts Blick verdüsterte sich. »Dieses Kokain könnte durchaus im Zusammenhang mit dem gewaltsamen Ableben dieses ehrenwerten Herrn stehen!«

»Gewaltsam?«, hakte ich nach. »Gibt es Spuren von Gewalt an der Leiche?«

»Nicht an, aber *in*!« Er deutete auf den geöffneten Mund des Toten und fixierte mich mit seinen eisgrauen Augen. »Wenn Sie allerdings denken, dass sich Spuren von Koks in seinem Gaumen finden, weit gefehlt! Ganz anderes hat der Gute konsumiert, und ich hege den Verdacht, dass genau jenes zu seinem Ableben geführt hat.«

»Und was?«

»Wie gesagt: ein Viertel Lemberger-Trollinger, halbtrocken, Jahrgang 2020, aus den steilsten Lagen Stuttgarts. Allerdings wurde das Cuvée offensichtlich mit einem tödlichen Gift versehen.«

»Das haben Sie aus seinem Mund- und Rachenraum analysiert?«, fragte ich erstaunt, wobei ich dem raffinierten Doc genau das durchaus zutraute.

»Nein«, er grinste, »aber ich habe die angebrochene Flasche im Salon stehen sehen: 0,75 Liter, ein Drittel hat gefehlt. Vermutlich hat wohl nur er selbst ein Viertele getrunken. Zu dumm, dass ich es versäumt habe, die Flasche sicherzustellen.«

»Das wäre sinnvoller gewesen, als den Fußball mitlaufen zu lassen«, gab ich zu bedenken.

»Ganz im Gegenteil! Für die Analyse des Gifts, das zu seinem Tod führte, ist es egal, ob ich Reste davon im Weinglas, in der Flasche oder – wie geschehen – in seinem Gaumen vorfinde. Dass er vergiftet wurde, steht fest. Um dem Täter auf die Spur zu kommen, wird uns hingegen der Fußball helfen!«

Ich starrte ihn mit Fragezeichen in den Augen an.

»Winzige toxische Spuren derselben Substanz, mit der Meinrat ins Jenseits befördert wurde, finden sich auch in der Hülle des Fußballs.«

»Wie bitte? Das Gift wurde im Fußball versteckt?«

Er nickte. »Ganz schön raffiniert. Koks und Gift in einer Hülle. Wenn man es entdeckt hätte, wäre es dem Dealer in die Schuhe geschoben worden. So aber kam das Gift unerkannt und ohne Spuren zu hinterlassen frei Haus in den Salon. Es hat sicher nicht viel Geld gekostet, innerhalb der internationalen Herstellungskette jemanden dafür zu gewinnen, ein Säckchen mehr einzupacken.«

... und der Auftraggeber kann nur jemand gewesen sein, der Meinrats Vorlieben genau kannte und nahe genug an ihm dran war ..., ergänzte ich im Stillen und hatte die schwarze Witwe vor Augen.

»Und jetzt kommt der Clou«, redete Smrt weiter. »Dieser großzügige Förderer der Fußballkultur hatte natürlich nicht einen gewöhnlichen EM-Fußball in seinem Besitz, sondern eines jener exklusiven Exemplare, die über einen eingebauten hochmodernen Chip verfügen.« Mein Stirnrunzeln nahm der Leichenfledderer zum Anlass, mit Wissen zu glänzen: »In einer ausgeklügelten und auf höchste Präzision programmierten Verknüpfung von künstlicher Intelligenz und technischer Sensorik senden diese Chips in Echtzeit über Funk Spielerpositionsdaten und Bewegungen an die Videoschiedsrichterassistenten. Man nennt es ›Connected Ball Technology‹. Kenne es schon von der letzten WM in Katar.« Smrt wandte sich dem Fußball zu, aus dessen Hülle er eine achteckige Fläche in der Größe zweier Bierdeckel herausgeschnitten hatte. »Es ist mir gelungen, die aufgezeichneten Daten dieses Chips zu analysieren. Dieser Ball wurde ziemlich genau 44 Minuten vor dem Ableben des werten Meinrat bewegt. Die GPS-Daten stimmen exakt mit der Lage der Bällerle-Villa in Stuttgart überein. Wenn man der Aussage seiner Witwe Glauben schenken darf, dass er nämlich in der 77. Minute verschied, so hat der Ball genau in der Halbzeitpause seine Position verändert. Und wozu?, frage ich jetzt Sie, den berühmten Kommissar Zufall!«

»Am ehesten wohl, um das Gift, das Sie in dem Ball nachgewiesen haben, in den Wein zu mischen?«, kombinierte ich in Sekundenschnelle.

»Richtig, junger Freund!« Er strahlte. »Und nun sollten wir dringend der Wohnung des Opfers einen Besuch abstatten!«

Eine knappe halbe Stunde später hatten wir uns durch Vortäuschung eines Durchsuchungsbeschlusses bei Rabona Sturm Zutritt zur Villa verschafft. Die schwarze Witwe war nicht zu Hause.

Smrt betrat mit schnüffelndem Blick den Salon, bemerkte Hattrick Knipser, der im Fernseher ein aufgezeichnetes

Fußballspiel analysierte, und fragte dann Rabona: »Sie sehen zwar nicht wie eine dieser typisch schwäbischen Stricklieseln aus, aber hätten Sie mir eventuell Wolle oder ein anderes Garn?«

Sie nickte. »En Wollebobbel? Was für a Farb'?«

»Weinrot!«

Mit einer präzisen Kopfbewegung maß Smrt den Abstand zwischen dem silbernen Sockel, auf dem der neu zugestellte Ball ruhte, bis zur Position des Opfers und des zu Bruch gegangenen Weinglases, das zum Todeszeitpunkt vermutlich in Armeslänge von ihm entfernt gestanden hatte.

»Fünf Meter reichen.«

Während wir auf unsere Garnbestellung warteten, fiel mein Blick auf ein übergroßes Bild, das auf der Kommode stand. Es zeigte den Verblichenen an der Seite des »Kaisers«.

Zwei Gute? Oder vielleicht doch nur einer?, dachte ich heimlich bei mir, als Smrt leise neben mich trat und pietätvoll den schwarzen Zylinder abnahm.

»Wenn ich dieses Bild betrachte, wertester Kommissar Zufall, kann ich nur sagen: Der Kaiser hatte auch hier wohl recht!«

»Ich verstehe nicht.«

»Nun«, er räusperte sich und begann, leise zu summen: »Gute Freunde kann niemand trennen ...«

Hattrick Knipser blickte kurz auf und wandte sich dann wieder scheinbar konzentriert dem Spiel auf dem Bildschirm zu. Rotkäppchen kehrte mit einem weinroten Garnknäuel ins Zimmer zurück.

»Sehr freundlich«, dankte Smrt und gab mir ein Ende des Wollstrangs in die Hand. »Gehen Sie rüber zum Sockel!«

Ich tat wie geheißen, und er spannte den Wollfaden bis zur Mitte des Tischchens, an dem Meinrat gesessen hatte, nahm sein kurzes Maßband aus der Tasche und nahm die Länge des Fadens.

»Exakt 3,83 Meter.«

»Und was hat der Chip behauptet?«, fragte ich. Er fischte sein Handy aus der Tasche und rief die abgespeicherten Daten auf.

»3,82 Meter. Was daran liegen mag, dass der Ball bei seinem Transport von hier nach da nicht ganz der Luftlinie folgte und das Glas auch eine andere Position gehabt haben mag. Doch die GPS-Daten stimmen überein, und so ist der Beweis annähernd erbracht, dass der Ball«, leise flüsternd fuhr er fort, »zur Verabreichung des Gifts an den Tatort gebracht wurde. Allerdings wurde der Ball, bevor er wieder an seinem Platz auf dem Sockel landete, noch einmal bewegt.« Er blickte erneut auf sein Handy und nickte.

»Ebenfalls knapp 4 Meter. 22,5 Grad, exakt Nordnordost! Da lang!«

Ich folgte seinem Blick. »Moment!«, rief ich und öffnete die Tür. »Das Bad!«

»Das hilft uns nicht weiter«, meinte Smrt und wandte sich an Rabona Sturm: »Ich nehme an, es gehört zu Ihren Aufgaben, das Altglas der gesellschaftlichen Zusammenkünfte in diesem schönen Anwesen ordnungsgemäß und diskret zu entsorgen?«

»Des hot die gnädig' Frau dies' Mal selbscht in d' Hand g'nomma«, patzte sie.

»Nun denn. Und dass die Glasscherben nach dem Hinscheiden des Hausherrn verschwunden sind, davon ist ebenfalls auszugehen«, raunte er mir zu. »Keine Flasche, kein Glas, keine Spuren!«

»Vielleicht doch!«, erwiderte ich, einer plötzlichen Eingebung folgend. Ich sah akkurat glänzenden, frisch aufgetragenen schwarzen Nagellack vor mir.

»Die hat ganz sicher nicht nass rausgewischt, seit ihr Alter verblichen ist«, sagte ich so leise, dass es nur mein Mitermittler hören konnte. »Wir haben noch eine Chance!«

Ich scannte die Türen, die zu den weiteren Räumen führten.

»Wo bewahrt die gnädige Frau ihren Nagellack auf?«, fragte ich die Hausangestellte.

»Do, em Bad!«, kam die Antwort und Rotkäppchen deutete auf eine schmale Tür. Sie sah mir neugierig zu, wie ich weiße Schutzhandschuhe überstreifte und zu dem Nagellackfläschchen griff, das mir im offenen Regal über dem Waschbecken tiefschwarz entgegenleuchtete.

»Was meinen Sie, Doktor Smrt«, begann ich, »wenn sich die schwarze Witwe, unmittelbar nachdem sie das Gift in den Wein geschüttet hat, die Nägel aus Pietät schwarz lackierte, könnte da nicht etwas Giftpulver am Pinselchen hängen geblieben und jetzt in diesem düsteren Flakon konserviert sein?«

Ich reichte dem Meister das Nagellackfläschchen und hörte ihn laut rufen: »Mensch, Freund, Herzensbruder! Natürlich! Fehlt nur noch ein Fingerabdruck der schwarzen Witwe zum Vergleich!«

Im selben Augenblick hörte ich, wie die Haustür aufging. »Pst!«, warnte ich. »Nicht zu laut! Ich glaube, die Mörderin kehrt zum Tatort zurück!«

Rabona Sturm starrte mich entgeistert an, und ich legte

den Zeigefinger an meine Lippen. Hattrick hatte meine Worte gehört, doch das Fußballspiel schien ihm wichtiger. Flugs ließ Doktor Smrt das Fläschchen in einem Beutelchen und dieses in seiner Tasche verschwinden.

»Damit haben wir sie! Geben Sie mir ein wenig Zeit!«

Die schwarze Witwe betrat den Salon. Ich grüßte nur formell und übergab ihr den verschwundenen Fußball, den Smrt in perfekter thanatopraktischer Behandlung wieder verschlossen hatte.

»Würden Sie mir bitte den Empfang quittieren?«, fragte ich und reichte ihr einen Stift, mit dem ich sie auf einer meiner Visitenkarten unterschreiben ließ.

Smrt reichte ihr das Wollknäuel, was sie mit verdutztem Blick kommentierte, und wir verließen in Windeseile und ohne weitere Erklärungen die Höhle der Tarantel. Rabona und Hattrick starrten uns nach.

Draußen übergab ich Smrt den Stift und zwinkerte ihm zu. »Der Fingerabdruck der schwarzen Witwe!«

Ich hatte die VIP-Karte zum Viertelfinale in Stuttgart per Post zugesandt bekommen und ahnte, dass Hattrick Knipser dahintersteckte. Von Smrt hatte ich nichts gehört, und so fuhr ich nur wenige Tage nach unserer spektakulären Enthüllung in froher Erwartung eines Siegs der deutschen Mannschaft zur Stuttgart Arena. Ich verfolgte die erste Halbzeit und nahm die Unterbrechung des Spiels wegen der Verletzung eines Spielers der gegnerischen Mannschaft zum Anlass, mir in der VIP-Lounge einen Snack zu holen.

»Sie? Em Neggerstadion?« Rabona Sturm hatte nostalgisch, wie es viele Schwaben gerne taten, den alten Namen der Stuttgart Arena verwendet. »Neckarstadion«.

Sie fragte mich mit einem allwissenden Lächeln: »Darfs trotzdem ao no a Viertele Lemberger-Trollinger sei?«

Ich nickte. Ganz anders, als ich sie aus der Villa kannte, überreichte sie mir in gekonnter Servicemanier und mit der Anmutung einer attraktiven und selbstbewussten Hostess den Weinbecher. »Biddeschön, Herr Kommissar, für Sie. Irgendwie passend: a echts Viertelefinale!«

Ich musste angesichts des gekonnten Wortspiels der jungen Frau grinsen und prostete dem badischen Chef-trainer des SC Freiburg zu, der den schwäbischen Dialog mitgehört hatte.

»Zufall«, sagte ich.

»Streich!«, sagte er.

Kurz darauf hatte ich meinen Platz wieder eingenommen. Ich warf einen Blick auf mein Handy und sah, dass es zwei ungelesene Nachrichten gab. Die erste von einer unbekannten Nummer, schon vor einer Stunde geschrieben, und die andere, jüngere von Smrt. Sofort öffnete ich die Whatsapp des Pathologen und hielt den Atem an. Wie gewohnt hatte er die Nachricht im altertümlich anmutenden Telegrammstil verfasst:

Giftspuren im Nagellack gefunden. Treffer.
Aber: Fingerabdrücke NICHT von der schwarzen Witwe.

Ich starrte auf die wenigen Worte und konnte mir zunächst keinen Reim darauf machen. Wenn die Fingerabdrücke auf dem Nagellackfläschchen nicht von der schwarzen Witwe stammten, wer hatte sich dann die Nägel lackiert und somit dem armen Meinrat das Gift verabreicht? Wie in Trance öffnete ich die Nachricht des unbekannten Absenders und las. Ausgerechnet jetzt wurde ich abgelenkt, da im selben Augenblick das Spiel erneut unterbrochen wurde.

Ich hatte die Ursache nicht mitbekommen, doch der Unparteiische gab Elfmeter für Deutschland. Es begann eine hitzige Diskussion unter den Beteiligten auf dem Spielfeld, die vom Publikum mit lauten Pfiffen und Buhrufen quittiert wurde. Hattrick Knipser war offensichtlich der Schütze. *Auf dich, mein Junge!,* dachte ich und führte den Weinbecher zum Mund. Hattrick schien es auf einmal sehr eilig zu haben und kümmerte sich nicht weiter um die Entscheidung des Unparteiischen.

Er sah in meine Richtung, legte den herrenlosen Ball auf den Elfmeterpunkt und zog ab, jedoch nicht auf das Tor! Er hatte vielmehr die Haupttribüne im Visier, wo ich meinen Platz in der vierten Reihe hatte. Der Ball fegte wie ein Pfeil frontal auf mich zu.

Ich schrie auf, als er mir das Viertele aus der Hand schlug und der gute Lemberger-Trollinger sich über meine Jacke und die Jeans ergoss. Das Pfeifkonzert des Publikums war ohrenbetäubend, Hattrick Knipser wurde wegen unsportlichen Verhaltens ausgewechselt, und während ich mich bückte, um mir die Nässe an Händen und Armen abzuwischen, fiel mein Blick erneut auf die Nachricht:

Die U.-Eva ist unschuldig! Rabona Sturm hat Meinrat auf dem Gewissen! Sie war seine Vertraute, und ich weiß, dass sie eine Affäre mit ihm hatte. Dieses intrigante Biest wusste über seine diversen Machenschaften Bescheid und hat ihn deswegen erpresst. Sie wollte Kohle für ihr Schweigen. Am Morgen des Spiels gab es einen lautstarken Streit. Ich habe alles gehört. Er hat ihr gedroht, sie rauszuwerfen und ihr den lukrativen Job im Stadion zu kündigen. Das wäre das Ende für sie in der feinen Gesellschaft gewesen. Um dies zu verhindern, hat sie ihn kaltblütig zum Schweigen gebracht. Seien Sie vorsichtig! Sie weiß, dass Sie ihr auf die Schliche gekommen sind! Meiden Sie Rotwein, wo immer Rabona ihre Finger im Spiel hat! Ich wechsle nach der EM vom VfB Stuttgart zum SC Freiburg. Ich hoffe, Sie können der Mörderin vorher das Handwerk legen. Bitte löschen Sie diese Nachricht! Sonst bin ich ihr nächstes Opfer!

H. K.

Meine Hand zitterte, als ich die Nachricht verschwinden ließ.

Ich sah Hattrick Knipser am Rand des Spielfelds sitzen. Sein für die Fußballwelt einfach nur als hitzköpfig gewertetes Verhalten dürfte seine Traumkarriere überschatten, und somit machte ich mich sofort auf den Weg zurück in die VIP-Lounge, um den Trainer des SC Freiburg ins Benehmen zu setzen, dass die vermeintliche Unsportlichkeit des jungen Hoffnungsträgers einen heimtückischen Mord verhindert und so dem perfiden »Viertelefinale« einen unvorhergesehenen Ausgang beschert hatte.

In der VIP-Lounge entdeckte ich als Erstes das Rotkäppchengesicht. Das eingefrorene Lächeln und der starre Blick verrieten mir, dass außer mir und dem Schützen noch jemand in der Stuttgart Arena wusste, dass der letzte Schuss des Hattrick Knipser bei diesem Spiel der EM 2024 in Wirklichkeit ein voller Treffer gewesen war!

SWEET CAROLINE, OH, OH, OH …

VON INA RESCH

Fußball Arena München, 14. Juni 2024, 21.00 Uhr

Anpfiff. Endlich. Von Benjis Nacken breitet sich eine Gänsehaut über seinen ganzen Körper aus. Er schließt die Augen. Menschenaufläufe sind eigentlich nicht sein Ding, aber die Dauerkarten für die Südkurve waren neben ein paar gemeinsam eingenommenen Mahlzeiten das Einzige, das ihn und seinen Dad verband. Die Notwendigkeit zu essen und die Liebe zum Fußball – der kleinste gemeinsame Nenner, wenn man so will. Ansonsten war der alte Herr als alleinerziehendes Elternteil eine katastrophale Fehlbesetzung. Na ja. Jeder tut, was er kann. Oder weniger. Obwohl … totsaufen ist eine Menge, wenn man einmal richtig darüber nachdenkt.

Benji stellt sein Bier auf den Boden, stemmt sich aus der Plastikschale hoch und fängt an, seine Flagge zu schwenken.

»Hinsetzen! Wir sehen nichts!«

Das kam garantiert von dem schwarz-rot-gold vakuu-mierten Pärchen direkt hinter ihm. Die typischen Event-fans. Da hätte Benji vorhin bei der Eröffnungsfeier gleich zweimal kotzen können. Er stellt auf Durchzug. Dass die sich von ihm gestört fühlen, war klar. Deshalb sind Länderspiele nichts für echte Fans.

»Hey! Hörst du schlecht?«

Benji schwenkt ungenierter denn je. Wegen solchen Leuten geht er sonst nur zu Bundesligaspielen. Da hat er seinen Platz. In Block 113 sagt dir niemand, du sollst dich hinsetzen. Dort pulsieren die Trommeln in dir wie ein zweites Herz. Dort brüllst du, was der Capo auf dem Zaun dirigiert. Da geht es um deinen Verein, um Gemeinschaft und Zusammenhalt. Egal wer du bist. In Block 113 gehört Benji dazu, dort fühlt er sich nicht wie ein Aussätziger.

Doch heute hat er Plastik in den Kniekehlen. Das sagt alles. Dasselbe Stadion, ganz anderes Feeling. Und kaum sind drei Minuten gespielt, wollen die Fantouristenärsche, dass du Sitz machst wie ein dressierter Dackel. Nicht mit ihm.

Er spürt eine Hand auf der Schulter. Benjis Kopf zuckt nach rechts. Er pfeift und kneift die Augen zusammen. Es geht los.

»Du bist nicht durchsichtig, Schweinebacke!«

Oha! Der prächtige Anstrich bröckelt schon? Das ging schnell. Benji schaut sich um und lacht.

»Setz dich hin, Fettsack, sonst …«

Das einsetzende »Deutschland! Deutschland!« erspart ihm den Rest. Nun stehen alle auf. Die eine Seite grölt es vor, das Echo antwortet.

»Deutschland! Deutschland!«

Die Tartan Army stinkt gewaltig gegen die heimische Übermacht an. Die Fans mit den weißen Kreuzen auf blauem Grund und den karierten Kilts sind mit Mordsstimmen gesegnet, das imponiert Benji. Er mag das Archaische, und ganz egal, wie das unten auf dem Rasen ausgeht, die Schotten werden die Münchner heute Nacht mit ihren Gesängen wachhalten und ihnen ihre Kneipen leer saufen.

Apropos. Benji muss pissen. Er steht auf und quetscht sich Richtung Aufgang. Fett ist er geworden, er stößt andauernd irgendwo an. Aber egal. Er kann den Bauch einziehen, wie er will, mit den Tattoos und den schmierigen Haaren eckt er sowieso an – auch ganz ohne zu berühren. Manchmal kommt sie ihm hoch, seine im hintersten Eck versteckte Poesie. Er lacht sich schlapp darüber und schiebt sich weiter. Entzückt ist niemand, aber bald verfolgen sie weiter das Spiel, machen Selfies oder tippen Nachrichten in ihre Handys.

Alle bis auf eine.

Die Vakuumierte sieht ihm direkt in die Augen. Das tun Fremde sonst selten. Was will sie? Rache für das Fahnenschwenken? Um ihren dünnen Hals liegt der muskulöse Arm ihres Begleiters wie eine Anakonda. Mit den zu glossigen Lippen sieht sie aus, als hätte die Schlange ihren schmächtigen Körper seit Stunden im Würgegriff. Gleich platzen sie ab. Benji erreicht die Treppe, will sich abwenden, da unterbricht die zierliche Hand mit den langen Fingernägeln das Streicheln der Anakonda und löst sich für einen kurzen Moment. Direkt unterhalb des Ohrläppchens, verborgen hinter dem Vorhang ihrer platinblonden Haare, klappt der Daumen in die offene Handfläche und die Faust schließt sich.

Benjis Kopf ruckt und zuckt. Will die ihn verarschen? Er bleibt stehen, glotzt. Eine Sekunde später zieht das Arschloch seine Freundin dicht an sich heran, und die langen künstlichen Nägel kratzen wieder über seinen Arm, als hätten sie nie damit aufgehört.

Liegt es am Gras? Benji horcht in sich hinein. Er raucht immer, bevor er rausgeht, sonst wäre so ein Stadionbesuch gar nicht möglich. War das gerade echt?

Jemand rempelt ihn von hinten an, er soll gefälligst weitergehen. Also steigt Benji Stufe um Stufe höher, denkt an die Videos auf Tiktok. Das Handzeichen für den stummen Hilferuf. Eine Zeit lang war das mal ziemlich präsent in den sozialen Medien. Nur deshalb kennt Benji es überhaupt.

Als er die Kioskebene erreicht, geht er erst mal aufs Klo. Manche Reihenfolgen muss man einhalten. Außerdem sieht die Tussi nicht aus, als bräuchte sie Hilfe. Und überhaupt: ausverkauftes Haus. Wieso sagt sie nicht einfach was? Das ist doch dämlich. Es kann nicht sein. Er muss sich getäuscht haben.

Benji wäscht sich die Hände, stellt sich draußen in die Schlange und tritt mit zwei Bechern Bier den Rückweg an. Bevor er sich an den Leuten vorbei zu seinem Sitz quetscht, bleibt er etwas oberhalb auf der Treppe stehen und beobachtet. Da ist nichts Auffälliges. Einfach nur ein verliebtes Paar. Ein verliebtes, mächtig aufgestyltes Paar, das um jeden Preis bewundert werden will. Weil sie so viel schöner sind als der Rest der Welt. Eher ein Fall für die Logen als die Ränge des Pöbels, aber sonst?

Der erste Becher ist schnell leer getrunken. Benji lässt den vollen hineingleiten und hat wieder eine Hand frei. Als der nächste kollektive Aufreger durchs Stadion schwappt und sich die Hälse recken, schaut das Mädchen nach oben. Sucht sie ihn? Benji will sich am liebsten wegducken, einfach nur Fußball gucken, sonst nichts, doch im selben Moment streifen ihre Augen durch seine. Auf einmal sieht er den Altersunterschied, entdeckt das Kind unter der Nuttenstaffage und die Leere in den Augen. Er selbst ist nicht viel älter als sie, erwachsen ist er nur auf dem Papier, dennoch bemerkt er den eigentümlichen Glanz in ihren Augen. Den erkennt nur, wer ihn selbst in sich trägt. Hat sie ihn deshalb ausgewählt?

Dann ist es vorbei. Sie legt ihren Kopf zurück an die breite Brust ihres Begleiters, als wäre nichts gewesen. Benji ist vollkommen perplex. Wieso schreit sie nicht um Hilfe? Wieso steht sie nicht auf und geht? Wenn der Typ versucht, sie zurückzuhalten, wenn es zum Streit kommt, zu Handgreiflichkeiten, wird jemand dazwischengehen. Oder sie macht ihr Handzeichen in die Kameras, dann sehen es Millionen vor den Fernsehern – nicht nur er.

Es ist bescheuert. Was soll er denn ausrichten? Benji beginnt, die Sitze abzuzählen. *Tu ich's, tu ich's nicht? Tu ich's …* Die Plätze im Stadion reichen locker, um seine Entscheidung so lange hinauszuzögern, bis sich die Sache von selbst erledigt. Ihm würde sowieso niemand glauben, aber … Scheiß drauf! *Du kannst den Unterschied machen, Benji,* hat seine Mutter immer zu ihm gesagt. *Ein nettes Wort bedeutet manchmal die Welt.*

Er rennt die Treppe hoch, überlegt, ob er einem Ordner erzählen soll, was er gesehen hat. Besser nicht. Am Ende geht der hin und fragt mal höflich nach, das würde nichts bringen. Er braucht jemanden, der sich mit Bedrohungslagen auskennt. Also hält Benji auf das erstbeste Bullenrudel zu, das er sieht. Kurz bevor er es erreicht, fällt ihm ein, dass sein Unterbewusstsein ein Problem sein könnte. Ultras sind keine Fans von Polizeigewalt. Benji auch nicht. Hoffentlich reicht das Marihuana, das er intus hat, denn immer, wenn er gestresst ist, schlagen seine Tics um einiges stärker durch. Wenn ihn dazu noch etwas triggert, ist es umso schwerer dagegenzuhalten. Unterstützungskommandos der Polizei – kurz: USKler – sind ein immens starker Trigger.

Ehe Benji auch nur ein Wort herausbringt, zeigt er den Spezialkräften den Stinkefinger. Sein Mund spreizt sich auf, sein Kinn dockt an der Brust an und er streckt die Zunge heraus. Er hat das mal auf Video gesehen. Gruselig.

»Da unten braucht eine junge … Verpiss dich, du Bullenarsch! … Frau Hilfe.«

Es ist ein beschissener Reflex. Er sieht die Uniform und blaff, kommt's schon aus ihm raus. Oft weiß er hinterher gar nicht, was er gesagt hat. Die vokalen Tics sind nicht ganz so willkürlich wie die motorischen und machen deshalb umso mehr Eindruck. Ganz besonders bei der Polizei. Die USKler können einen Haufen Dreck schlucken, ehe sie handgreiflich werden, aber auf Beleidigung folgt Zugriff. Die sind nicht als Abwartetruppe konzipiert. Benji weiß das, und das Zischen ihrer Funkgeräte und die kleinen Nachrichten, die sie hineinsprechen, machen ihn wahnsinnig.

»Da unten … ihr Wichser sollt alle verrecken … hat mir jemand ein Zeichen gegeben. Eine Frau braucht Hilfe.«

Wieder zischen die Funkgeräte. Ein paar Infos werden getauscht. Das Reißen in Benjis Nacken wird heftiger. Es tut weh. Er pfeift und blinzelt, jetzt fangen auch die Arme an. Verdammt! Er hätte den Becher abstellen sollen. Das

Bier schwappt den Bullen auf die Stiefel. Menschen bleiben stehen. Gaffen. Aber niemand sieht wirklich hin oder hört zu.

Benji muss das Zeichen vormachen. Das stumme SOS. Dann wissen die, was los ist. Er reißt den Arm hoch. Im selben Moment wird ihm klar, wie das aussieht. Sein Kopf platzt gleich. »Heil Hitler!«, zischt er. »Braune Soße!«, kommt unmittelbar hinterher und schließlich: »Bombe!« Es geht alles schief.

Die gekachelte Wand lacht ihn aus. Schönstes Steckdosenweiß, Ton in Ton mit den Gittern. Dazu ein Edelstahlscheißhaus. Zum Totlachen, wenn's nicht so scheißtragisch wäre. Benji steckt die Finger in die fettigen Haare und schlägt mit den Daumenballen gegen seine Schläfen. Dass es in seinem Stadion Zellen gibt, ist neu für ihn. Gerade bereut er, dass er sich nie um einen Schwerbehindertenausweis gekümmert hat. Er hasst Stempel. Er will nicht in eine Schublade gesteckt werden. Heute wäre es hilfreich gewesen, zu einer gut beschrifteten Kategorie zu gehören. Das hätte einiges erklärt. Jetzt rufen die garantiert erst nach dem Spiel in seiner alten Wohngruppe an.

»Das würde ich an deiner Stelle auch behaupten«, hat der eine Bulle Benji angeschissen, als er seine Krankheit erwähnte. »Die Tourette-Masche läuft nicht, kapiert?«

Hoffentlich überprüfen sie das Pärchen trotzdem. Benji hat das Handzeichen noch ein-, zweimal ohne HJ-Zucken hinbekommen und seine Sitzplatznummer ebenfalls mehrmals extrapenetrant wiederholt. Ob das durchgedrungen ist? Er glaubt eher nicht, dabei müssten die Bullen es nur an ihre Befehlszentrale weitergeben und von dort aus mal genauer hinsehen. Der gesamte Stadionbereich mit Tribünen, Innengebäude, Ein- und Ausgängen sowie Parkplätzen wird von Kameras überwacht. Um die hundert sollen das sein. Irgend so ein Bildschirmheini muss nur reinzoomen. Geht ganz unauffällig. Heißt nicht, dass ihnen was auffällt, aber wenn sie ihren Job richtig machen, dann …

Zeit genug jedenfalls haben sie. Ein Länderspiel ist nichts im Vergleich zu einem normalen Ligaspiel gegen Frankfurt oder Stuttgart. Da fangen die USK-Einheiten die Fanbusse teilweise schon auf der Autobahn ab, damit das Eintreffen der Ultras kontrolliert vonstattengeht. Solche Eskorten sind verhasst.

Benji steht auf und schlendert zum Gitter. Er ist allein. Alles blitzeblank, als wäre er Insasse Number One. Das Handy haben sie ihm abgenommen. Er weiß nicht mal, wie spät es ist. Definitiv wird bald Schluss sein draußen auf dem Rasen. Dann verlässt das in Latex gestopfte Girly mit zigtausend anderen das Stadion und verschwindet vielleicht für immer. Benji denkt an geheime Kellerverliese und ausgeklügelte Lüftungssysteme. An Eltern, die ihr kleines Mädchen vermissen. An Kindfrauen aus Osteuropa, die von hiesigen Geschäftsleuten für lustige Herrenabende gebucht werden. Fuck! Er presst die Hände gegen seine Schläfen. Sie hätte ihr Handzeichen nicht an einen wie ihn verschwenden sollen.

Eineinhalb Stunden später schwappt Benji mit tausend anderen wie ausgeschüttetes Wischwasser über die Esplanade Richtung U-Bahn. »Sweet Caroline, oh, oh, oh«, grölen die Kilts. Sogar ein paar Dudelsäcke sind zu hören. Haben die Schotten gewonnen? Benji weiß es nicht, ist ihm auch egal. Als er dieser megaverständnisvollen Beamtin, die so bemüht war, seine Tics zu ignorieren, noch mal alles erzählen sollte, hörte es sich sogar für seine Ohren lächerlich an. Als kleine Wiedergutmachung für die Unannehmlichkeiten wurden ihm Freikarten versprochen. Dass die Personalien überprüft werden auch. Er müsse sich wirklich keine Sorgen machen. So ein Handzeichen könne man sich auch einbilden. Klar. Besonders, wenn man etwas zu viel Bier intus hat. Oder Gras.

Benji drückt sich an den letzten deutschen Fans vorbei. Die meisten von den Arschpolierten sind längst aus dem Stadion raus. Den Moment genießen ist nicht in deren DNA hinterlegt. Diese Undankbarkeit macht Benji wütend. Er ballt die Fäuste und muss an die Schule denken. An seine Ausraster. Wie beschissen ein Leben sein kann. Sein Dad hat nichts auf die Reihe gekriegt, hat sich lieber totgesoffen, als Zeit mit seinem Sohn zu verbringen. Deshalb wurde Benji schon vor seiner Beerdigung herumgereicht. Heime, Pflegefamilien, Kindernotwohnungen. Und dann auch noch die Krankheit. Fing eines Tages einfach an und wurde so schlimm, dass er kaum noch essen, trinken oder schlafen konnte. Ursprung in der Psyche. Heißa, Walpurgisnacht! Was für eine Überraschung! Danach ging das mit dem Mobbing erst richtig los. Ist ja auch unvorstellbar, dass der Ausrasterkönig himself so was nicht mit Absicht macht. Von heute auf morgen. Na ja. Life is a bitch, so learn how to fuck it. Oder andersrum, für alle Weichgespülten: Halt dich an die kleinen Momente, wenn ausnahmsweise mal was gut läuft.

Die U-Bahn kommt mit ihrem stinkigen Wind. Benji läuft die Treppe hinunter und quetscht sich gerade noch rein. Ein Schotte hält ihm eine Bierdose unter die Nase und legt seinen Arm um ihn. Die Anakonda wird wieder lebendig, Benji ersäuft sie lieber gleich. Er fühlt sich ausgelaugt, sehnt sich nach Stille, muss dringend ins Bett, doch der junge Mann im Kilt will unbedingt wissen, wo sie – und damit meint er offensichtlich die ganze U-Bahn voll schottischer Fans – um diese Zeit feiern können. Benjis Englisch ist miserabel, aber er kann ihm ausdeutschen, dass sie am Sendlinger Tor aussteigen und sich Richtung Maximiliansplatz vorarbeiten sollen. Seine Tics bemerken die gar nicht. Oder sie sind besser darin, sie zu ignorieren, als die Bullentussi.

»Feierbanana«, wiederholt sein neuer schottischer Freund Archie in Endlosschleife und will sich ab da bei jeder Haltestelle ins Gleisbett stürzen. Benji hat einige Mühe, ihn aufzuhalten. Er selbst muss eigentlich am Odeonsplatz umsteigen, aber Haltestelle Giselastraße bekommt er eine zweite Dose in die Hand, also bleibt Benji einfach drin und singt mit. Die kleinen Momente. Kapiert?

»… touching me, touching you …« Unisono fangen die Fans an, zu springen und zu klatschen. »Sweet Caroline, oh, oh, oh!« Eigentlich müsste der Waggon entgleisen. Pure Glückseligkeit blinkt von allen Gesichtern. So muss Fußball sein.

Am nächsten Morgen weckt ihn der Kater. Nicht der getigerte. Keiner, der miaut. Nein. Benji blinzelt. Das Tageslicht sengt ihm Löcher in die Netzhaut. Fuck, tut das weh. Sein ganzer Körper brennt. Zieht ihm dieser Ramsay-Wichser aus Game of Thrones gerade die Haut ab?

Ist das überhaupt seine Bude? Die karierten Teppiche hat Benji jedenfalls nie zuvor gesehen.

Er setzt sich auf, stöhnt. Über seine 16 Quadratmeter Wohnfläche verteilt liegen … er zählt … neun Schotten. Mühsam stemmt er sich hoch, steigt über haarige Waden, hochgerutschte Kilts und leere Bierdosen. Er reißt das Fenster auf. »And breathe!«, hatte die Tageszeitung »The Scotsman« getitelt, als die EM-Teilnahme der Schotten fix war. Und atmen! Das hilft Benji jetzt auch, um den Mief seiner Wohnung zu überleben. Einer von den Jungs schnarcht, dass man um die Betonelemente des Plattenbaus bangen muss.

Archie blockiert die Tür zum Klo. Benji packt ihn am Fußgelenk und zieht. Wie kann ein Mensch so schwer sein? Vor der Schüssel liegt Nummer zehn. Auf Mindestabstände kann Benji keine Rücksicht nehmen, er strullert sich in die Unendlichkeit.

Die Türglocke schrillt. Hat eins der Hochlandrinder den Anschluss verpasst? Benji wäscht sich die Hände. Er hat selten Besuch, schon gar nicht … er dreht die Uhr um, die auf dem Waschbeckenrand liegt … an Samstagen um kurz nach eins.

»Herr Sprandel. Ben Sprandel?«, fragt der Lautsprecher der Klingelanlage, als Benji endlich das richtige Knöpfchen erwischt.

»Fragt wer?«

»Können Sie runterkommen?«

»Warum?«

»Polizei.«

Benji lässt den Knopf los, als hätte jemand ihn in Sekundenbruchteilen von null auf tausend Grad hochgeglüht.

Was hat er wieder ausgefressen? Ihm wird schlecht. Er übergibt sich ins Waschbecken, öffnet den Wasserhahn und sieht die Kotze durch die fünf kleinen Löcher in den Abfluss strudeln. Zum Glück hat er gestern nicht viel gegessen. Er spült den Mund aus, wirft sich Wasser ins Gesicht und in die Haare. Mit dem Handtuch rubbelt er sich trocken. Er sieht an sich herab. Dieselben Klamotten wie gestern. Sogar die Schuhe sind noch dran.

Sweet Caroline, oh, oh, oh ...

An viel mehr kann er sich nicht erinnern. Doch! Die Schotten sind gemeingefährliche Feierbiester. Benji ist gut in Form, aber da kann er nicht mithalten. Haben sie ein Schaufenster eingeschlagen? Einen Brunnen unter Schaum gesetzt? Irgendwas?

Es klingelt erneut. Er beschließt runterzugehen. Die geben sonst eh keine Ruhe.

Als er die Tür aufmacht, schlagen seine Tics voll durch. Ist das der USKler von gestern? In Zivil?

»Hi.«

»Hi ... verpiss dich, du ...!« Die unausweichliche Beleidigung verkneift sich Benji gerade so, aber wie immer, wenn er einen Tic unterdrückt, geht es danach erst richtig los. Sein ganzer Körper beginnt zu zittern, seine Muskeln zucken unkontrolliert. Die rechte Schulter braucht ewig, ehe sie sich wieder einigermaßen entspannt.

»Tut mir leid«, sagt der Typ. »Ich wusste ja nicht, dass du ...«

»Hab ich dir gesagt.«

»Stimmt.«

Ohne Montur sieht der Bulle aus wie ein Mensch.

»Bringst du mir meine Eintrittskarten?«

»Welche Eintrittskarten?«

Von den Versprechungen seiner Kollegin hat er offensichtlich keine Ahnung. »Und?«

Mister USK nickt hinter sich. In zweiter Reihe auf der anderen Straßenseite steht ein Kombi. Benji bleibt das Herz stehen. Durch die getönten Scheiben kann er es nicht genau erkennen … Ist das …?

Die Schiebetür geht auf. Ohne Schminke und Staffage sieht sie unfassbar jung aus. 15, maximal 16. Wie gestern streifen ihre Augen durch Benjis, nur bleiben sie diesmal länger.

»Vor über zwei Monaten von zu Hause abgehauen. Ihre Eltern landen in einer Stunde. Wir sind gerade auf dem Weg zum Flughafen.«

In Benjis Kopf herrscht Chaos. Er zuckt und pfeift und kann die vielen Fragen nicht stellen, die ihm durchs Hirn zucken.

»Der Typ macht sich im Internet gezielt an junge Frauen ran, die Zoff mit den Eltern haben. Gaukelt ihnen vor, dass er in ihrem Alter ist, und steckt viel Zeit rein, Vertrauen aufzubauen.«

Die Stimme des USKlers klingt rau. Der schiebt richtig Hass.

»Es läuft immer gleich. Ein paar Monate chatten, dann bietet er ihnen einen Platz zum Schlafen an, wenn sie es zu Hause nicht mehr aushalten.« Der Bulle streicht durch seine kurzen Haare und beißt die Zähne zusammen. »Das macht er nicht nur mit einer so. Der bedient gleich 20, 30 auf einmal.«

Bis eine anbeißt. Ein Jäger muss geduldig sein.

»Da war noch ein Mädchen in seinem schallschutzisolierten Kellerraum.«

Benji wird wieder schlecht.

»Er behält sie eine Weile und setzt sie dann vor die Tür. Fühlt sich kein bisschen schuldig, weil die ja schließlich alle freiwillig …«

Der USKler bricht ab. Das Mädchen steigt aus, bleibt vor dem Kombi stehen. Sie hebt die Hand. Es ist klar, dass sie nicht rüberkommen wird. Ihre Augen sprechen Bände. Sie schämt sich. Deshalb kommen solche Typen mit diesen Sachen davon, weil man erst hinterher schlauer ist. Weil man lieber schweigt, als zuzugeben, wie dämlich man war.

»Sie hat nicht lockergelassen, wollte unbedingt herkommen.« Der Bulle öffnet seine Faust. »Das hier soll ich dir geben.«

Benji erkennt, was es ist. Ein Tigerauge. Seine Mutter hat Steine geliebt. Er blickt über die Straße. Das Mädchen hebt die Schultern, man sieht es kaum, aber Benji versteht. Ihr hat der Stein nicht geholfen, gute Entscheidungen zu treffen, aber vielleicht bringt er für Benji etwas Hoffnung auf eine Zukunft, in der alles leichter wird. Auch sie hat in seinen Augen gelesen, wie in einem offenen Buch. Benji nimmt den Stein und hebt ebenfalls kaum merklich die Schultern. Manchmal braucht es keine Worte.

»Sie heißt übrigens Caroline und kommt aus Berlin. Sie hat gefragt, ob sie deine Adresse haben kann.«

Benji nickt. Hinter ihm geht die Haustür auf. Die Schotten sind von den Toten auferstanden.

»… touching me, touching you … Sweet Caroline, oh, oh, oh …«

Etwas hakt sich in Benjis Genick. Diesmal ist es keine Anakonda, sondern ein stinknormaler Arm, der ihn zwingt, im Takt mitzuspringen. Benjis Herz wird ganz leicht. Die kleinen Momente sind manchmal die größten.

Am Montag steht es in der Zeitung: »19-jähriger Ultra der heimliche Held beim Eröffnungsspiel der Fußball-Europameisterschaft gegen die Schotten.«

Sweet Caroline, oh, oh oh …

PAKET FÜR NACHBAR

VON ANDREAS SCHNURBUSCH

Boah, tut das gut! Es gibt doch nichts Schöneres, als nach einem ausgiebigen Frühstück heiß zu duschen. Der neue Duschkopf mit Regendusche ist der Hammer, den hätte ich mir früher gönnen sollen. Mord hin, Mord her, ich bleibe einfach unter dem Strahl stehen. Die angenehmen Dinge dürfen nicht zu kurz kommen. Von wem war noch mal dieser Satz? Ach ja, von meiner Ex. Julia kam vor jedem Massagetermin mit diesem Spruch. Sie hatte gut reden, blieb morgens liegen, wenn ich zur Arbeit fuhr, und war dreimal die Woche nur stundenweise in einem Fitnessstudio beschäftigt. Okay, hin und wieder ging sie auch zur Uni. Und immer diese Gespräche über gesunde Ernährung, weniger Fleisch und Alkohol, regionales Gemüse, mehr Sport. Ich wäre egozentrisch, ein narzisstischer Bulle. Das musste ich mir nicht gefallen lassen. Ich arbeite schließlich in einer Mordkommission und habe nicht so ein bequemes Studentenleben. In meinem Job geht es um Mord und Totschlag! Unfassbar, was die sich erlaubt hat. Ich hasse Respektlosigkeit.

Irgendwie fehlt sie mir.

Oh, Shampoo leer, muss ich mich drum kümmern. Das könnte ich vor dem Dienst noch schaffen, heute bin ich sowieso erst am Mittag auf der Dienststelle. Diesmal werde ich mir im Reformhaus das Shampoo mit der Anti-Grau-Technologie holen, der Kaffeebohnen-Extrakt soll graue Haare kaschieren. Bin mal gespannt.

War das ein Klingeln? Mit dem Schaum im Ohr hört sich alles dumpf an, war bestimmt beim Nachbarn.

Noch mal, sogar zweimal hintereinander. Das war bei mir. Um diese Uhrzeit kann das nur der Postbote sein. Wahrscheinlich wieder kein anderer Bewohner im Haus. Ist mir egal, ich habe nichts bestellt.

Rumms! Was war das denn? Doch nicht etwa meine Wohnungstür? Oh nein, Schaum im Auge, wo ist das verdammte Handtuch? Mist, das hätte ruhig länger sein können. Ein Einbrecher in meiner Wohnung, in meiner Privatsphäre, der kann was erleben. Erst mal Ruhe bewahren und einen Überblick gewinnen.

Tageswohnungseinbrecher sind selten gewalttätig. Da höre ich was. Das ist die obere Schublade der Kommode, sie klemmt und knarrt beim Öffnen. Er ist also im Wohnzimmer. Ich muss ihn überraschen, bevor er die Möglichkeit zur Flucht hat. Oh Gott, er hat den Türrahmen ruiniert! Den mach ich fertig.

Die Wohnzimmertür ist nur angelehnt. Der Schirm an der Garderobe muss zur Verteidigung reichen. Ein kurzer Tritt, zwei Schritte und dann … Ein Teenager? Sie steht direkt vor mir, in einer Hand hält sie einen großen Schraubenzieher. Der Schreck ist ihr ins Gesicht geschrieben. Wenn du denkst, du könntest mit deinen blauen Kulleraugen bei mir Mitleid erregen, irrst du dich.

»Leg sofort das Werkzeug weg! Und guck nicht so, als ob du ein Gespenst siehst, starr mich nicht an.« Sie hat Angst und macht, was ich ihr sage, das ist gut. Wie peinlich, ich halte das Handtuch mit der Hand fest. Es ist recht knapp für meine breiten Hüften.

Sehe ich da ein verschmitztes Lächeln in ihrem Gesicht? Zumindest schaut sie etwas entspannter.

»Wie ist dein Name?«

»Jasmin«, lügt sie.

»Wie alt bist du?«

»13.« Auch das ist gelogen.

»Wo wohnst du?«

»In Köln-Chorweiler.«

»Hast du einen Ausweis dabei?«

»Nein.«

»Sind deine Eltern zu Hause?«

»Nein.«

»Okay, ich bin Kriminalbeamter, wir klären das auf dem Präsidium. Ich werde jetzt einen Streifenwagen rufen.«

Wo habe ich mein Handy hingelegt? Hier im Wohnzimmer ist es nicht, zumindest kann ich es nicht entdecken. Ach ja, es ist an der Ladestation im Schlafzimmer.

»Du setzt dich auf den Stuhl und bewegst dich nicht. Ich bin sofort zurück! Verstanden?«

Sie nickt gehorsam.

Man muss bei diesen jugendlichen Einbrechern nur den richtigen Ton treffen.

Die Tür lasse ich besser offen ... Was war das? An der Schlafzimmertür huschte ein Schatten vorbei.

Diese verdammte Göre. »Bleib stehen!«

Wenn ich eins kann, dann jeden Treppenabsatz in einem Sprung überwinden. Okay, mit dem Handtuch um die Hüften ist das eine Herausforderung. Die wird trotzdem nicht weit kommen. Hab dich gleich.

Es ist wie verhext, das Handtuch hält nicht. »Weg da, aus dem Weg!« Müssen die ausgerechnet jetzt mitten auf dem Gehweg mit ihren Kinderwagen stehen bleiben und quatschen. Oh Gott, das war die Nachbarin von gegenüber, was mag die von mir denken? Die Einbrecherin biegt rechts in eine Einkaufsstraße ab. Gleich hab ich dich.

»Hilfe! Hilfe! Helft mir!« Muss dieser Balg so schreien? Noch zwei Schritte … der wird doch nicht … Autsch! Was soll das?

»Sie sollten sich schämen, Sie Perversling! Ich werde die Polizei rufen.«

»Ich bin Polizist, das Mädchen ist eine Einbrecherin. Lassen Sie mich sofort durch!«

Mann, tut das weh, hoffentlich hat er mir das Schultergelenk nicht ausgekugelt. Das war ein ordentlicher Bodycheck.

Die Polizei kommt schnell, jemand hat bereits den Notruf gewählt.

Beschämend, ausgerechnet meine letzte Praktikantin bringt mich im Streifenwagen nach Hause. Und ich muss bei einem Nachbarn klingeln, damit ich ins Haus komme.

Meine Wohnungstür ist schlimmer beschädigt, als ich dachte. Wie hat sie es geschafft, die Tür trotz Verriegelung mit dem Schraubenzieher aufzuhebeln? Zum Glück ist der Erkennungsdienst unterwegs. Danach werde ich die Tür reparieren lassen.

Die Leute waren verrückt. Überall, wo man hinsah, waren die Menschen im Fußballfieber, Deutschlandfahnen an den Fenstern, an den Autos und an vielen Fahrrädern. Es herrschte eine Stimmung wie bei der Fußballweltmeisterschaft 2006, beim sogenannten Sommermärchen. Man hatte damals zum ersten Mal ein Gefühl von Patriotismus erkennen können. Die emotionale Verbundenheit mit der eigenen Heimat schien zuvor verloren gegangen, nun war man stolz auf sein Gastgeberland, stolz auf die deutsche Nationalmannschaft.

Heute wurde mit dem Eröffnungsspiel Deutschland gegen Schottland die Europameisterschaft eröffnet. Die drei Schweizer Noah, Luca und Matteo bereiteten sich in ihrer Airbnb-Wohnung in Köln-Junkersdorf auf einen gemütlichen Fußballabend bei Bier und Pizza vor. Ihre Mannschaft spielte morgen gegen Ungarn. Deutschland und Schottland waren dann ihre nächsten Gegner.

»Habt ihr mitbekommen, wer auf dem Flur zwei Türen weiter wohnt?« Noah setzte sich mittig aufs Sofa, sodass er einen zentralen Blick auf den Bildschirm hatte, und griff nach der Chipstüte.

»Wir haben seit gestern die Wohnung gemietet, woher sollen wir das wissen?«, entgegnete Luca, der sich auf dem Sessel daneben niederließ.

»Eine rattenscharfe Blondine«, antwortete Noah voller Enthusiasmus.

»Noah ist wieder notgeil!«, rief Matteo lachend auf dem Weg zur Küche, wo er die ersten beiden Tiefkühlpizzen in den Ofen schob.

»Nein, das stimmt. Die geht da anschaffen oder so. Ich

habe vorhin, als ihr Bier holen wart, mitbekommen, wie ein Mann klopfte und die Blondine ihm in Netzstrümpfen die Tür geöffnet hat.«

»Warum soll das nicht ihr Ehemann gewesen sein?« Matteo kam zurück aus der Küche und setzte sich neben Noah auf die Couch.

»Eine ältere Dame, die auf den Aufzug wartete, hatte meinen Blick falsch interpretiert. Sie meinte, sie habe bereits die Hausverwaltung darüber informiert. Diese ständigen Männerbesuche, das gehe wirklich zu weit.«

Luca und Matteo lachten, öffneten ihre Pullen und stießen mit Noah an.

Sie brauchte Geld, und das schnell. Dieses Leben konnte und wollte sie nicht mehr. Sie wollte sich nie wieder verstecken müssen, sie wollte zu ihm. Am besten gestern. Jeden Morgen wachte sie mit dem Gedanken auf, in seinen Armen zu liegen und ein Zuhause zu haben. Er war einige Jahre älter als sie, sah unheimlich süß aus und konnte so wundervoll schreiben. Sie liebte es, von ihm Jess und nicht Jessi genannt zu werden. Bereits beim zweiten Kontakt war sie bis über beide Ohren verliebt gewesen.

Aus ihrem Geheimversteck an der Balkonfassade zog sie die kleine Blechdose, sie nannte sie ihre »Schatztruhe«. Sie nahm die Scheine und zählte langsam durch. Knapp 3.000 Euro in zwei Wochen, das reichte lange nicht. Der Ausweis würde circa fünf Mille kosten, dazu noch das Startkapital. Ihr Ziel waren zehn Mille.

»Ihr alten Saufziegen, wir haben kein Bier mehr.«

»Wie kein Bier mehr? Das Spiel hat noch gar nicht angefangen und die Kiste ist schon leer?« Luca schaute vorsichtshalber im Kühlschrank nach.

»Ich geh an der Tanke neues holen«, lallte Noah. Er öffnete die Haustür und wollte gerade gehen, als Matteo aus der Küche kam und ihm zwei Flaschen Wodka entgegenhielt.

»Bin ich euer Held? Habe ich aus der Schweiz mitgebracht.«

Noah zeigte beide Daumen nach oben. Er blieb im Türrahmen stehen und beobachtete, wie die Blondine aus ihrer Wohnung kam und zum Aufzug ging.

»Ey, Jungs, das blonde Gift scheint Hausbesuche zu machen. Wenn die zurückkommt, werde ich bei ihr vorbeischauen. Wir sind ja nicht zum Vergnügen hier.«

Am späten Nachmittag verließ Jessi ihr provisorisches Zuhause und schlenderte durch Köln-Junkersdorf. Sie setzte sich auf eine Parkbank unterhalb eines Kastanienbaums und beobachtete eine halbe Stunde lang die Wohnungsfenster des gegenüberliegenden Hochhauses. Sie hatte als Kind mit ihrer Mutter drei Jahre in so einem Betonbunker gewohnt, ein anonymes Gebäude, in dem sich keiner für den anderen interessierte. Selbst den direkten Nachbarn kannte man nicht. Die Mieten waren bezahlbar. Studenten, Langzeitarbeitslose, Kleinverdiener, alleinerziehende Mütter, Bürgergeldempfänger und Ausländer jeglicher Herkunft wohnten hier Tür an Tür. Wie überall gab es gute und schlechte Menschen. Mit den letzteren hatte sie mehr zu tun. Sie lernte schnell, und mit 14 Jahren hatte sie mit einem Draht ihre erste Tür geöffnet. Damals hatte es vier Minuten gedauert. Heute brauchte sie dafür im Schnitt 20 Sekunden.

Jessi merkte sich auf den jeweiligen Etagen die Positionen der Wohnungen, in denen sie Aktivitäten wahrnahm. Das Einsetzen der Dämmerung erleichterte ihr Vorhaben, da nach und nach von den Bewohnern die Beleuchtung eingeschaltet wurde. In einer Wohnung im achten Stock wurde das Licht gelöscht. Kurze Zeit später öffnete sich die Eingangstür, und eine Frau mit hochgesteckten blonden Haaren in einem schwarzen Kostüm kam heraus. Das wird die Bewohnerin gewesen sein, hoffentlich kam sie in den nächsten 20 Minuten nicht zurück.

Oben klingeln, laut »Paket für Nachbar!« rufen, auf diese Weise gelangte man immer ins Haus. Mit einem gebogenen Federstahldraht bekam sie fast jede Tür auf, vorausgesetzt sie war nur zugezogen und nicht abgeschlossen. Aufhebeln mit dem Schraubenzieher würde zu viel Lärm machen, den hätte sie eingesetzt, wenn auf der gleichen Etage kein weiterer Bewohner anwesend gewesen wäre. Sie führte den Draht zwischen Rahmen und Türblatt ein, suchte die richtige Position und kippte ihn so, dass die Falle zurückgeschoben wurde. Das Schicksal meinte es gut mit ihr, die Tür sprang auf. Zwei Zimmer, spartanisch eingerichtet, aufgeräumt und ordentlich. Im Schlafzimmer roch es blumig, fruchtig, sie tippte auf eine Mischung aus Lavendel und Orange. Alles klar, dachte sie, als ihr Blick auf die Ledermanschetten am Kopfende des Bettes fiel. Sie öffnete eine Schlafzimmerschranktür und ihre Vermutung wurde bestätigt. Eine Peitsche, ein Fessel-Set, einige Dosen Gleitcreme und eine Glasschüssel mit Kondomen lagen auf den Regalböden. In der obersten Schublade entdeckte sie zahlreiche weiße, schwarze und rote Dessous. Zwischen der Wäsche fand sie ein goldenes Etui mit einem kleinen

Notizblock und mehreren 100-Euro-Scheinen. Sie steckte es ein und vernahm Stimmengewirr im Flur. Sie wird doch nicht zurück sein? Jessi lauschte an der Wohnungstür und hörte eine weibliche und eine männliche Stimme. Durch den Spion erkannte sie die Frau in dem schwarzen Kostüm.

So eine Kacke, dachte sie und suchte hektisch nach einem Versteck. Im Wohnzimmer entdeckte sie auf der breiten Fensterbank eine Möglichkeit, die ihr zumindest einen Sichtschutz gewährte. Sie hockte sich in die äußerste Nische am Fenster, zog den blickdichten Vorhang ein Stück weit zur Mitte und hoffte, dass man sie nicht entdecken würde. Hatte sie die Türen am Schlafzimmerschrank geschlossen?

»Vor einer Woche habe ich den Schraubenzieher der Einbrecherin zur kriminaltechnischen Untersuchung gebracht, und wo bleiben die Ergebnisse? Die müssen doch vergleichbare Werkzeugspuren von anderen Tatorten finden.«

»Vielleicht hat sie dieses Werkzeug zum ersten Mal benutzt, sei nicht so ungeduldig, Schubbi«, versucht meine Zimmerkollegin Lisa Sanders, mich zu beruhigen.

»Von der Einbruchsanzeige, die ich erstattet hatte, habe ich auch nichts mehr gehört. Warum dauert das alles so lange?«

»Ich habe hier was für dich.« Sie reicht mir die Tageszeitung vom Wochenende.

»Sag bloß, die haben was von dieser peinlichen Verfolgung geschrieben?« Unangenehm aufgeregt lese ich den Artikel. »Puh, nur eine kleine Notiz. Wenn nicht die EM wäre, würden die Journalisten mit dieser Geschichte das Sommerloch stopfen. Habe ich ja noch mal Glück gehabt.« Ich fühle mich erleichtert.

»Erkennst du die Frau auf dem Bild in dem Artikel daneben, Schubbi?«

Der Unterton in ihrer Stimme bleibt mir nicht verborgen. »Oh, das ist ja Julia, meine Ex. Hier steht, dass sie von 60 Master-Absolventen im Fachbereich Wirtschaftsmathematik dieses Jahr den besten Abschluss gemacht hat. Ihr Professor sagt ihr eine große Karriere in der Wirtschaft voraus. Das ist ja, das ist … unglaublich, meine Julia.«

»Da steht, ihr Fleiß würde sich jetzt auszahlen. Hast du nicht immer gesagt, ihr bequemes Leben hättest du gerne. Ich kann mich auch noch an das Wort ›faul‹ erinnern.«

Lisas Unterton wird eine Spur offensiver.

»Ja gut … man bekommt nicht alles mit, was der Partner macht. Ich habe da ein bisschen … ist egal.« Mensch, da habe ich Julia vollkommen falsch eingeschätzt. Ich habe sie ein halbes Jahr nicht gesehen. Am liebsten würde ich sie anrufen. Aber das würde dann aussehen, als wäre es nur wegen des Artikels und … Nee, das wäre doof.

»Wie bist du überhaupt auf mich gekommen?«

»Ich … äh … ich wohne hier, gleich nebenan, vorübergehend, ist gemietet.«

»Bist du nicht zu betrunken?«

»Geht schon, bin fit wie ein Turnschuh, wirst du gleich merken.« Er grinste über beide Wangen, während er ihr ins Dekolleté starrte.

»Okay, 200 Euro, in 20 Minuten bist du weg. Das Bad ist dort.« Sie zeigte aufs Schlafzimmer und die angrenzende Tür. Dann stellte sie ihre Handtasche auf dem Fensterbrett ab und folgte ihm.

Von wegen Routine und Coolness, Jessi konnte vor Aufregung kaum atmen. Wenn die Frau nach rechts hinter die Gardine schaute, würde sie einen Knäuel Mensch sehen, der sich mit angezogenen Beinen tiefer in die Nische der Fensterbank drückte. Jessi zitterte. Jeden Moment würde sie sich zu ihr drehen. Langsam ließ Jessi die Luft aus ihrer Lunge und nahm die Hände vors Gesicht. Durch einen Spalt zwischen ihren Fingern beobachtete sie, wie die Frau ihre Handtasche abstellte.

»Wo bleibt Noah, das Spiel fängt gleich an?« Luca drehte sich nach Matteo um und sah ihn schlafend auf der Seite liegen.

»Ey, du Schlappschwanz, aufwachen! Noah ist schon fast eine Stunde weg.«

»Lass ihm doch seinen Spaß«, brummte Matteo und schlief sofort wieder ein.

Der verträgt ja gar nichts, trinke ich halt allein weiter. Luca setzte die Flasche Wodka an und nahm einen kräftigen Schluck. Mit glasigen Augen sah er, dass das Eröffnungsspiel angepfiffen wurde. Schnell hatte er Noah vergessen.

Es klopfte mehrfach. Die Frau kam aus dem angrenzenden Zimmer und eilte zur Tür. Ein Mann betrat den Raum. Sie wollte ihn zurückweisen, doch er dirigierte sie zurück ins Schlafzimmer. Lautes Stimmengewirr, Geschrei. Jessi nutzte die Gelegenheit, schnappte sich die Handtasche und flüchtete aus der Wohnung.

Neben der Berichterstattung über die Fußballeuropameisterschaft war die Ermordung eines Escort-Girls das aktuelle Thema in der Presse. Die Frau war erwürgt in ihrer Wohnung in Köln-Junkersdorf aufgefunden worden, unweit des Müngersdorfer Stadions. Der Fall erweckte enormes öffentliches Interesse. Ein ungeklärter Mord während des zweiten Sommermärchens, es gab keinen schlechteren Zeitpunkt.

Verdammt, Julia geht mir nicht aus dem Kopf. Bin ich wirklich so ein arrogantes Arschloch?

»Schubbi, könntest du dich vielleicht einmal auf deine Arbeit konzentrieren. Du spielst die ganze Zeit mit dem Kugelschreiber herum. Im Übrigen ist das ekelig, wenn du ihn in die Ohren steckst und auch noch drehst.«

»Sorry, ich bin etwas durch den Wind.«

»Der Chef macht Druck. Geh du noch mal die Tatortberichte durch, ich schnapp mir die Vernehmungen.«

Die Jahre im Einzelzimmer haben Spuren hinterlassen, ich muss mich besser kontrollieren. Sie registriert alles, typisch Frau.

Im Bericht steht, dass der Tatort ihr Zweitwohnsitz war, also ihre Geschäftsadresse. Privat wohnte das Opfer in einem Bungalow in Bergisch-Gladbach. Sie inserierte nicht, ihr Geschäft lief über Stammkunden und Mundpropaganda. Keine Kundenliste oder Ähnliches, weder auf ihrem Computer noch in den Wohnungen. Irgendwie müssen doch auch Escort-Girls eine Art Buchführung haben? Vielleicht hatte sie alles auf dem Handy, das bisher nicht gefunden wurde? Die Tatortfotos zeigen eine aufgeräumte, Zweizimmerwohnung, spartanisch, aber stilvoll eingerichtet. Das Opfer liegt bäuchlings auf dem Bett, das von einer Tagesdecke überspannt ist. Am Hals sind deutliche Würgemale zu erkennen, laut Obduktionsbericht sind Zungenbein und Kehlkopf gebrochen, Tod durch Erwürgen. Sie wurde von hinten erwürgt. Anzeichen eines Kampfgeschehens sind nicht erkennbar. Ihre langen Fingernägel sind fast unversehrt, sie hat folglich keine oder kaum Gegenwehr geleistet. Die DNA-Spuren am Leichnam sind noch nicht abschließend ausgewertet.

Und in der restlichen Wohnung? Ah, hier steht was von zahlreichen daktyloskopischen und DNA-Spuren. Ich frage nach.

»Morgen, Schubert von der Mordkommission, die Spuren im Mordfall Escort-Girl …«

»Wir sind dran. Bisher stammen alle Spuren vom Opfer. Die DNA-Auswertung kann dauern, das LKA ist alleine mit dem Material aus Köln überfordert.«

»Und die daktyloskopischen Spuren?«

»Alle Fingerabdrücke wurden beim BKA abgeglichen.«

»Ergebnisse?«

»Bisher auch nur vom Opfer. Noch was? Ich hab zu tun.«

»Nein, danke.«

Warum sind heute alle so genervt?

Mit den bisherigen Informationen kann man nur Mutmaßungen anstellen. In ihrem Bad lag ein Kunde, der volltrunken und nicht bei Bewusstsein gewesen sein soll. Hat sie mit dem Kerl im Bad ihren Mörder empfangen, ging voraus ins Schlafzimmer und wurde dort von hinten erwürgt? Vielleicht war es ein Zuhälter? Haben Escort-Girls überhaupt Zuhälter? Über 90 Prozent aller Tötungsdelikte sind Beziehungstaten. War es jemand aus ihrem unmittelbaren Umfeld? Wer hatte ein Motiv?

Es wurden kein Handy und keine persönlichen Sachen am Tatort gefunden. Kein Portemonnaie, keine Handtasche. Wir haben noch unsere drei Tatverdächtigen, zumindest der im Badezimmer ist für mich weiterhin im Rennen.

Ihr Gewissen meldete sich, als sie auf ihrem Handy über die Tagesschau vom Tod der Escort-Dame erfuhr. Warum passierte das ausgerechnet ihr? Sie musste zur Polizei gehen, sie hatte keine Wahl. Sie war minderjährig, man würde sie nicht hart bestrafen. Beim letzten Mal hatte sie Sozialstunden bekommen, damals war sie 14 Jahre alt gewesen. Aber was sollte sie der Polizei sagen? Als sie Reißaus genommen hatte, waren zwei Männer in der Wohnung gewesen. Sie hatte nichts gesehen, nur kurz ihren Schrei gehört. Und dann ein Wimmern.

Was würde aus ihrem Traum werden? Wie lange würde Miguel auf sie warten? Sie war innerlich zerrissen und suchte verzweifelt nach einer Entscheidung. Ein anderer Gedanke ließ sie erschrecken. Was würde der Mörder mit ihr machen, wenn sie sich als Zeugin outete? In diesem Moment schrieb Miguel ihr eine Nachricht: *Wann hast du das Geld zusammen? Ich erwarte dich sehnsüchtig. Ich liebe dich, Jess!*

»Der Gerichtsmediziner hat den Todeszeitpunkt zwischen 21.00 Uhr und 23.00 Uhr bestimmt. Zu dieser Zeit waren fast alle Bewohner zu Hause. Sie hatten untereinander kaum engere Kontakte, man grüßte sich und das war es. Das Opfer kannten lediglich die Nachbarn auf der gleichen Etage, und das auch nur vom Sehen. An dem Abend wurde in vielen Haushalten das Eröffnungsspiel der Europameisterschaft geguckt und es war geräuschvoller in den Wohnungen. Niemand hat irgendwas Verdächtiges mitbekommen. Eine ältere Dame berichtet über tägliche Männerbesuche bei der getöteten Frau, so was hätte es zu ihrer Zeit nicht gegeben. Wie die rumgelaufen sei, mit knappen Röcken und Netzstrümpfen, sei es kein Wunder, dass ihr was zugestoßen sei. An diesem Abend habe sie nichts beobachtet, weil sie bei ihrer Tochter in der Eifel gewesen sei. Über die Aussagen unserer drei verdächtigen Schweizer haben wir lang genug diskutiert. Für mich kommen die als Täter nicht infrage.« Lisas Stimme klingt überzeugt.

»Dieser Noah war zur Tatzeit in der Wohnung«, entgegne ich.

»Ja, er lag sturzbetrunken in seinem eigenen Erbrochenen im Badezimmer.«

»Hat er behauptet.«

»Du hast doch den Spurensicherungsbericht gelesen, es war seine Kotze und er hatte knapp drei Promille im Blut.«

»Einer seiner Freunde hätte es theoretisch ebenso sein können. Aber die hatten eine ähnlich hohe Alkoholkonzentration im Blut und bei allen fehlt das Motiv.«

»Nicht zu vergessen, Noah hat um 1.30 Uhr selbst die Polizei angerufen, alle haben eine blütenweiße Weste und am Opfer wurde keine DNA von den Tatverdächtigen gefunden.«

»Ich weiß, der Haftrichter hat diesen Noah ja nicht ohne Grund am nächsten Tag aus dem Polizeigewahrsam entlassen.«

Miguel brauchte dringend 5.000 Euro für die Möblierung des neuen Appartements, das er für sie beide angemietet hatte. Damit stand ihre Entscheidung fest. Weitere Einbrüche, geänderte Vorgehensweise. Bisher war sie in Wohnungen eingebrochen, bei denen die Balkontüren oder Fenster geöffnet waren oder die Eingangstüren keine Herausforderung darstellten. Sie hatte Gebäude stets gemieden, die erhöhten Sicherheitsstandards entsprachen. Ihr Risiko war dadurch geringer, die Beute auch. Ab jetzt würde sie in Einfamilienhäuser einbrechen.

Als ich am nächsten Morgen in meinem Büro ankomme, hält meine Kollegin mir wedelnd ein Schreiben entgegen.

»Schubbi, ich habe eine Überraschung für dich.« Sie grinst über die gesamte Breite ihres Unterkiefers und reicht mir den Bericht der kriminaltechnischen Untersuchungsstelle.

»Dein Grinsen kann nichts Gutes bedeuten. Gib schon her.« Ich lese, halte inne. »Nein, das glaube ich jetzt nicht. Die Spuren sind bestimmt verwechselt worden.«

»Lies weiter. Es wurden zwei Haare auf dem Fensterbrett gefunden und die DNA-Spuren sind eindeutig identisch mit denen an dem Schraubenzieher, den du beschlagnahmt hast.«

»Sie ist ein Teenager, klein und … na ja … zierlich war sie nicht, aber auch nicht kräftig. Sie kann unmöglich die Täterin sein. Oder?«

Über die Garage und das Regenrohr war sie bis auf den Balkon geklettert. Als Jessi den Schraubendreher am gekippten Fenster ansetzte, ging der Alarm los. Mit einer Fenstersicherung im ersten Obergeschoss hatte sie nicht gerechnet. Sie sprang auf das Garagendach und stieg von dort hinunter. Der optische Alarm leuchtete durchgehend, sie hörte, wie Rollläden an Häusern in der Nachbarschaft hochgezogen wurden. Mittlerweile bellten mehrere Hunde. Sie eilte durch den Garten, kletterte auf den Birnenbaum und hangelte sich an einem dicken Ast bis über die Grundstücksmauer. Als sie auf der anderen Seite heruntersprang, hörte sie die ersten Polizeisirenen.

»Achtung! An alle Streifenwagen: Alarmauslösung in der Einfamiliensiedlung Deckstein. Ein Täter, bekleidet mit schwarzem Kapuzenshirt, etwa 1,70 Meter groß, Fluchtrichtung nicht bekannt.«

Es war früher Abend, die Dunkelheit setzte ein. Innerhalb weniger Minuten waren die ersten drei Streifenwagen vor Ort und nahmen strategisch günstige Positionen ein. Überall hörte man Sirenen und sah Blaulicht blinken. Während der Europameisterschaft rechnete man mit höheren Einbruchszahlen. Die Polizei reagierte darauf und schickte deutlich mehr zivile und uniformierte Kräfte auf die Straße. Weitere Streifenwagenbesatzungen trafen ein und beteiligten sich an der Suche. Ein Passant, der nach dem Grund für dieses erhöhte Polizeiaufkommen fragte, gab den Hinweis, dass soeben eine dunkel gekleidete Person den stadteinwärts fahrenden Bus bestiegen hatte.

Sie sah die Blaulichter und lief zu einer Haltestellenbucht, in die ein Linienbus einfuhr. Einen Mann, der seinen Hund an langer Leine Gassi führte, hätte sie fast umgerannt. Gerade noch erreichte sie die Fahrertür. Das Ticket bezahlte sie mit ihrem Handy und setzte sich in die letzte

Reihe. Ein Polizeiauto kam ihnen entgegen. Sie duckte sich tiefer auf die Bank.

Zwei Streifenwagen und ein Zivilfahrzeug der Polizei wurden stadteinwärts beordert. Auf Höhe der Universitätskliniken hatten sie den Bus eingeholt und angehalten. Sie durchsuchten das Fahrzeug, vom Täter gab es jedoch keine Spur.

Durch das Rückfenster sah sie, wie der Mann mit dem Köter zu einem Polizeiwagen ging und mit dem Beamten sprach. Das war nicht gut, sie musste schnellstmöglich aus dem Bus raus. An der nächsten Haltestelle stieg sie aus und entfernte sich zügig.

Ein Auto bog in die gleiche Straße ein. Intuitiv suchte sie nach einem Versteck. Sie hatte Glück, es war kein Streifenwagen. Als der blaue Golf näherkam, hob sie den Daumen. Der Wagen stoppte. Super, dachte sie, so komme ich ruckzuck aus der Fahndungszone.

»Dann steigen Sie mal ein, junge Frau.«

Sie erstarrte. Zivilbullen.

»Schön ist es, auf der Welt zu sein …« Gott sei Dank hört mich unter der Dusche keiner singen, aber dieses Lied von Anita Hegerland und Roy Black passt einfach zu meiner Stimmung heute. Ich kann mein Glück kaum fassen: erst der DNA-Treffer und heute Morgen der Anruf über die Festnahme der Einbrecherin. Aber das schönste Geschenk bekam ich von Julia. Gut, dass ich mich nach langem Überlegen getraut habe, sie anzurufen. Ich habe mich entschuldigt. Wann habe ich das schon mal gemacht? Sie war total baff, und ich denke, sie traut mir nicht. Immerhin hat sie die Einladung zum Abendessen angenommen.

»So schnell sieht man sich wieder, Jessica Witt!«

Sie dreht sich zur Seite und würdigt mich keines Blickes, während ich das Personalblatt in ihrer Kriminalakte studiere.

»Ich bin Kriminalhauptkommissar Schubert von der Mordkommission, das ist Kriminalhauptkommissarin Sanders«, beginne ich.

Bei dem Wort Mordkommission zuckt sie zusammen und wendet sich mir zu.

Ich belehre sie über ihre Rechte als Beschuldigte und befrage sie nach ihren Personalien und dem Wohnort.

»Ich hab damit nichts zu tun, das müssen Sie mir glauben. Ich bin da nur … ähm … Sie sagten, ich muss mich nicht selbst belasten?«

»Richtig, wir wissen aber wegen der DNA-Spuren, dass Sie in der Wohnung waren. Es geht hier um Mord, für Einbruch sind wir nicht zuständig.« Ich wähle diesmal die förmliche Anrede, um ihr deutlich zu machen, dass ich sie als eine erwachsene und verantwortungsvolle Person ansehe. Bei dieser Beschuldigtenvernehmung ist mir eine klare Rollenverteilung und Abgrenzung wichtig, schließlich hat sie mich nackt gesehen.

»Okay, aber ich habe mit dem Mord nichts zu tun, ich habe nichts gesehen oder gehört«, antwortet sie trotzig.

»Schildern Sie uns bitte, wie Sie in die Tatortwohnung gelangten und was Sie dort wahrgenommen haben.«

»Die Tür habe ich mit einem Draht aufgemacht, war ein Kinderspiel. Kaum war ich drinnen, kam die Frau mit einem Typen. Ich habe mich auf der Fensterbank hinter einem Vorhang versteckt.«

»Würden Sie den Mann wiedererkennen?«

»Nein, wie gesagt, ich habe nichts gesehen. Kurz danach klopfte es und ein zweiter Mann kam.«

»Woher wissen Sie das, Sie haben doch nichts gesehen?«

»Die Frau sagte: ›Was machst du hier? Ich will dich hier nicht sehen.‹ Und er sagte: ›Das wirst du mir büßen.‹ Es kam dann zu einem kurzen Wortgefecht, in dem sie ihn in seiner Männlichkeit beleidigte.«

»Was hat sie zu ihm gesagt?«

»So etwas wie Schlappschwanz, keine Eier oder so ähnlich. Die Stimmen kamen dann aus dem Schlafzimmer und ich bin abgehauen.«

»Würden Sie die Stimme wiedererkennen?«

»Ich weiß nicht, er hatte eine rauchige, heisere Stimme und sprach mit einem Akzent, den ich nicht einordnen kann.«

Das ist nicht viel, aber glaubwürdig. Die Festnahme gestern Abend und hier unter Mordverdacht auszusagen, das ist psychisch belastend. Bisher antwortet sie souverän. Kein nervöses Beinwackeln, Augenzucken oder häufiges Lächeln, um ihr Unbehagen oder ihre Angst zu überspielen. Sie ist eine Einbrecherin und keine Mörderin. Apropos Einbrecherin …

»Haben Sie aus der Wohnung etwas entwendet?«

»Nein«, sagt sie zögerlich und ergänzt lächelnd: »Außerdem muss ich mich nicht belasten, haben Sie selbst gesagt.«

Jetzt lügt sie.

»Okay fassen wir noch mal zusammen: Sie sind 17 Jahre alt, seit vier Wochen aus Ihrer Wohngruppe abgängig und leben seitdem auf der Straße?«

»Ja.«

»Bullshit. Im Obdachlosenmilieu wären Sie längst aufgefallen und kontrolliert worden. Sie sind ohne festen
Wohnsitz, einschlägig vorbestraft und hier nur bedingt
kooperativ. Wenn Sie nicht in U-Haft wollen, müssen Sie
uns mehr bieten, zumindest Ihren Aufenthaltsort nennen
und Angaben zum Diebesgut machen.«

Ihr Widerstand ist gebrochen. Sie nächtige in einem
Rohbau, an dem wegen einer Firmeninsolvenz nicht wei-
tergebaut werde. Dort befinde sich die Handtasche mit
dem Handy und einem Etui, diese Sachen habe sie aus der
Wohnung mitgenommen.

Ich schicke Kollegen dorthin und lasse ihr gesamtes Hab
und Gut aus ihrem provisorischen Quartier zur Dienststelle bringen. Währenddessen erzählt sie von Miguel, den
sie über das Internet kennen und lieben gelernt hat. Er
würde in Barcelona auf sie warten. Ihre Stimme klingt voll
Zuversicht und Sehnsucht nach einem Zuhause.

Lisa und ich sind schockiert von ihrer Naivität. Gleichzeitig merken wir, dass diese verlorene Seele einen Anker
braucht. Lisa klärt sie über sogenannte »Loverboys« auf,
die gezielt Mädchen ansprechen, sie emotional manipulie-
ren und später zur Prostitution zwingen. Wir beide wissen,
dass es nicht sofort fruchtet, aber irgendwann, mit einem
gewissen Abstand, wird sie es verstehen.

Anschließend wird sie nach Rücksprache mit der Staats-
anwaltschaft zurück in ihre Jugendwohngruppe gebracht.

In der Handtasche des Opfers finden wir das Handy und
weitere Utensilien wie Lippenstift, Schminke, Taschentü-
cher und Parfum. Der Notizblock in dem goldenen Etui

enthält die Kundenliste, die ich mir gewünscht habe. Hier sind Vornamen und Geldbeträge mit einem Datum vermerkt. Der Name Hansi taucht auffällig oft auf, bei den letzten Einträgen fehlt der Betrag.

Auf ihrem Handy sind Rufnamen mit Telefonnummern gespeichert. Über die Auswertungen der Verbindungsdaten erfahren wir, dass sie nur Hansis Nummer angerufen hat, und zwar am Vormittag ihres Todestages.

»Schau mal, dieser Hansi heißt mit richtigem Namen Zoltan Papp, ist verheiratet und hat zwei Kinder. Das schien ein besonderer Kunde gewesen zu sein. Warum stehen hier auf einmal keine Beträge mehr hinter seinem Namen? Und warum hat sie seine Nummer gewählt?«

»Wie blöd sind Männer eigentlich? Fremdgehen und ohne Rufnummernunterdrückung ein Callgirl anrufen?« Lisa schüttelt den Kopf.

»Lass uns ihn zuerst vernehmen.«

»Guten Tag, Frau Papp, Kriminalhauptkommissar Schubert und Kriminalhauptkommissarin Sanders von der Mordkommission Köln.« Wir zeigen unsere Ausweise.

»Oh Gott, ist was mit meinen Kindern?«

»Nein, nein. Wir haben nur ein paar Fragen. Ist Ihr Mann zu Hause?«

»Kommen Sie wegen dieser Stalkerin, die angerufen hat?«

»Entschuldigung, wen meinen Sie?«

»Oh, es geht nicht um den Anruf?«

»Doch, doch, es geht um einen Anruf. Können wir das bitte drinnen besprechen, muss ja nicht jeder aus der Nachbarschaft mitbekommen?«

Sie bittet uns in die Wohnung. »Mich rief eine Frau an, eigentlich rief sie meinen Mann an, der war aber im Keller und hatte sein Handy liegen gelassen. Ich bin drangegangen, habe mir nichts dabei gedacht. Die Frau war wütend und schrie direkt: ›Ruf mich nicht ständig an! Wenn du meine Dienste in Anspruch nimmst, dann zahl gefälligst!‹ Bevor ich was sagen konnte, legte sie auf. Ich habe daraufhin Zoltan zur Rede gestellt, und er hat mir von dieser Verrückten erzählt, die ihn permanent anruft.«

»Wo finden wir Ihren Mann?«

»Er arbeitet auf dem Großmarkt, heute bis 17.00 Uhr.«

Die Spurenlage ist eindeutig. Zoltan Papp hat kein Alibi, seine DNA befand sich an der Kleidung und am Hals des Opfers, und Jessica Witt erkannte seine Stimme. Nach Rücksprache mit seinem Rechtsanwalt legt Zoltan Papp ein Geständnis ab. Er habe die Dienste des Opfers seit zwei Jahren regelmäßig beansprucht. Den letzten Besuch habe sie ihm gestundet. Als er am Tattag erneut um einen Aufschub ihrer Entlohnung bat, habe sie ihm die Tür vor der Nase zugeschlagen und später seine Anrufe ignoriert. Sie habe ihn dann am Nachmittag angerufen, seine Frau habe abgehoben, und er sei gezwungen gewesen, sich zu erklären. Dadurch habe er sein Familienleben in Gefahr gesehen. Er habe handeln müssen.

Auf dem Weg zum Public Viewing, sei er im ungarischen Trikot zu ihr gefahren. Habe Dampf ablassen wollen. Sie habe ihn sofort beschimpft und beleidigt. Als sie sein Nationaltrikot, das er sich extra zu dieser EM gekauft hatte, abfällig belächelt habe, habe er sie erwürgt.

Deutschland spielte heute in Frankfurt gegen die Schweiz. Noah, Luca und Matteo pilgerten von ihrer neuen Airbnb-Wohnung zum Spiel. Die Erinnerungen an Köln und die dramatischen Ereignisse beim Eröffnungsspiel waren noch präsent. Noah hatte betrunken im Nebenzimmer eines Mordes gelegen und war unter Mordverdacht festgenommen worden. Ein unvorstellbarer Schock: Statt ungezwungener Sexmomente hatte er eine Nacht im Polizeigewahrsam erlebt. Dann die Erleichterung, als die Kölner Mordermittler den wahren Täter ermittelt hatten.

Der Gedanke ließ ihn nicht los, dass einem Menschen in seiner Nähe das Leben genommen worden war.

Ich drehe am Duschkopf und stelle einen härteren Strahl ein. Mir ist nach Massage. Die letzten Wochen waren anstrengend, wenig Schlaf, viel Arbeit. Während das heiße Wasser meine Muskeln entspannt, denke ich an das Abendessen mit Julia. Wird sie mir eine zweite Chance geben? Plötzlich klingelt es. Ich stellte das Wasser ab und lausche. Es klingelt erneut, zweimal hintereinander.

Nicht schon wieder. Ich ziehe meinen Bademantel über und gehe zur Eingangstür. Durch den Spion nehme ich einen Schatten wahr, ich reiße die Tür auf und sehe den Postboten.

»Paket für Nachbar. Können Sie annehmen?«

FUSSBALL IST UNSER LEBEN

VON KURT LEHMKUHL

1. Spieltag, 17. Juni

Das musste echte Liebe sein! Wenn er sie davon nur die Hälfte hätte spüren lassen, wäre Renate glücklich und zufrieden gewesen. Aber Franz Schieferbein hatte es nicht getan. Seine Gemahlin hatte keine Chance gegen diese wahre Liebe gehabt. Sie war in dem Maße gewachsen, wie seine Liebe zu ihr, seiner Ehefrau, geschrumpft war.

Nicht sie war sein Leben. Fußball war sein Leben!

Diese bittere Erkenntnis hatte Renate machen müssen. Ihre Verwarnung, er würde damit ihre Zukunft und ihr gemeinsames Leben aufs Spiel setzen, hatte keine Wirkung gezeigt. Er hatte diese »gelbe Karte« ignoriert und zog unbeeindruckt sein Ding durch. Für Schieferbein galt von Jahr zu Jahr mehr: Fußball, Fußball, Fußball über alles.

Zuerst hatte er sein Herz an Fortuna Düsseldorf verloren, danach generell an den Fußball. Egal wo und wann – wenn es ihm möglich war, war er dabei in der Düsseldorfer Arena am Rhein oder in einem Stadion irgendwo in Deutschland. Renate hatte er ins Abseits gestellt, derweil er in diesen Tagen leidenschaftlich Hochzeit mit seiner Geliebten feierte: die Europameisterschaft vor der eigenen Haustür mit gleich fünf großen Fußballfesten.

Auch die von Renate gezeigte gelb-rote Karte, verbunden mit einem Monat, in dem sie nicht mit ihm redete, hatte seine Gefühle für die Balltreterei nicht schmälern oder ihn zur Vernunft bringen können. Renate wusste nicht, wie er es geschafft hatte, für alle Spiele im Düsseldorfer Stadion Eintrittskarten zu ergattern. Was Schieferbein dafür auf den Tisch gelegt hatte, wollte sie gar nicht wissen; so wie er von ihr nicht wissen wollte, ob sie ihn begleiten würde. Er kannte ihre Antwort auf seine Frage zur Genüge, er brauchte sie gar nicht zu stellen. »Bloß nicht«, würde Renate sagen, »bleib mir weg mit dem elenden Gekicke vor grölenden Leuten. Die stupide Rennerei einem Ball hinterher ist mir ebenso zuwider wie die hirnlose Menschenmasse.«

Es war klar wie Kloßbrühe: Schieferbein würde alleine zu den Fußballspielen der Europameisterschaft fahren, so wie er es immer tat, und er würde bei den Abendspielen über Nacht in Düsseldorf bleiben, so wie er es immer tat, wenn die Fortuna abends oder auswärts spielte. In Düsseldorf hatte er seit Jahren das gleiche Hotel mit Blick auf den Rhein gebucht, in dem er die Spieltage mit Alkohol ausklingen ließ. Dort würde er auch bei der Europameisterschaft unterkommen. Renate würde er selbstverständlich allein in Mönchengladbach lassen. Sie würde als geduldige Ehefrau das Haus hüten und auf seine Rückkehr warten. Sie hatte gar keine Alternative, glaubte er als Herr über das eheliche Geschehen.

Seine Annahme war falsch: Renate war seit einiger Zeit nicht mehr allein. Sie hatte Schieferbein gegen einen anderen Mann ausgewechselt. Die zärtlichen Hände ihres Hausarztes würden sie auch durch diese Nacht tragen, während der Gatte sich beim Spiel Österreich gegen Frankreich vergnügte. Putzig fand sie es, dass sie und ihr Liebhaber als Kinder beide den Familiennamen Jansen getragen hatten. Karl-Heinz Grafvonahrendt hatte bei der Heirat den Namen seiner Frau angenommen und ihn nach ihrem überraschenden Ableben beibehalten. Sie war gestorben, kurz nachdem er sie bei einem Seitensprung ertappt hatte. Entsprechend betont wurde aus dem Namen Grafvonahrendt ein »Graf von Ahrendt«, das sich eindrücklicher anhörte als der schnöde Allerweltsname Jansen.

»Alles Jansen, oder was?«, meinte Renate schmunzelnd zur früheren Namensgleichheit. »Aber weder verwandt noch verschwägert.«

So hatten sie beide, Renate und Franz Schieferbein, ihre große Liebe gefunden.

2. Spieltag, 21. Juni

Anders als für Karl-Heinz Grafvonahrendt, geborener Jansen, war für Hermann-Josef Jansen der niederrheinische Allerweltsname ein Teil seiner Anonymität, auf die er großen Wert legte. Für ihn konnte es gar nicht genug Jansens am Niederrhein geben. Er freute sich auf die Spiele der Fußballeuropameisterschaft in Düsseldorf. Sie waren etwas wie ein Paradies auf Erden, ein Schlemmerland, der Hauptgewinn, der seine bisherige Laufbahn krönen würde.

Fünf lukrative Spieltage warteten auf ihn, auf die er sich akribisch vorbereitet hatte. Das Eröffnungsspiel der Handballeuropameisterschaft im gleichen Stadion im Januar war eine gute und gelungene Generalprobe gewesen, die ihm fette Beute gebracht hatte. Jetzt gab es sogar fünf »Erntetage«, von denen der erste schon vorbei war. Er hatte bei der Aktion im Winter mit 500 Euro gerechnet, die er würde ergaunern können. Es waren trotz der Winterkleidung seiner Opfer, der Eiseskälte und des Bahnstreiks 1.000 geworden, wie er bei der Rückfahrt nach Neuss gezählt hatte. Die 1.000 würden es bei der Europameisterschaft an jedem der fünf Spieltage bestimmt werden. Seine Einschätzung wurde nach dem ersten Vorrundenspiel bestätigt: Fast 1.300 Euro waren zusammengekommen.

Seine »nebenberufliche« Leidenschaft als Taschendieb hatte sich einmal mehr als einträglich erwiesen.

In Neuss arbeitete Hermann-Josef Jansen wenig beachtet als biederer Verkäufer in der Abteilung für Herrenoberbekleidung eines Kaufhauses. Er lebte im alten elterlichen Haus, das ihm sein Bruder nach dem Tod der Eltern großzügig überschrieben hatte. Niemand käme auf die Idee, in dem unscheinbaren und unauffälligen Jansen einen der erfolgreichsten Taschendiebe im Rheinland und darüber hinaus zu sehen. Das Ferienhaus am Mittelmeer in der Nähe von Barcelona war dank der Beute aus Jahren und Jahrzehnten möglich geworden. Er hoffte nur, dass ihm in Düsseldorf nicht zu viele Kollegen in die Quere kamen. Der Kuchen wurde durch sie nicht größer, bloß die Teile wurden kleiner.

Seine Akribie hatte sich vor vier Tagen ausgezahlt. Darauf konnte er aufbauen, freute er sich, als er im Düsseldorfer Hauptbahnhof aus der S-Bahn stieg. Jansen ging stets gewissenhaft vor, wenn er seine Beutezüge bei den Bundesligaspielen oder den Spielen auf internationaler Ebene in Düsseldorf, Mönchengladbach, Leverkusen oder in Gelsenkirchen, Bochum und Dortmund durchzog. Mit der Bahn zum jeweiligen Spielort, von dort mit der S-Bahn oder dem Shuttle-Bus dichtgedrängt ins Stadion und unauffällig zurück zum Bahnhof, um die Tour noch einmal zu machen. So würde es der gewiefte Taschendieb auch heute machen, vielleicht klappte es sogar mit drei Touren, dachte er sich, als er seinen Rucksack mit der Wechselkleidung in einem der Schließfächer fürs Gepäck deponierte. Am ersten Spieltag hatte er das Trikot der österreichischen Nationalmannschaft getragen, heute war das von der Slowakei an der Reihe. Die Enge in den Bahnen und das Geschiebe vor der Arena waren sein bester Schutz. Es gab viele Möglichkeiten, Wertgegenstände körpernah in der Kleidung zu verstauen, doch darauf achteten die wenigsten Zuschauer in ihrer Vorfreude. Sie trugen nicht nur im übertragenen Sinne ihr Geld sehr locker. So konnte sich Jansen unbehelligt die Geldbörsen oder Brieftaschen greifen, deren Verlust die Eigentümer erst bemerkten, wenn es zu spät war. Das war nicht sein Problem. Er nahm nur die Geldscheine, danach warf er die Portemonnaies und Taschen in die Büsche oder Abfalleimer. Während einige Fans sich bei der Polizei ausweinten oder beim Ordnungsdienst über eine verschwundene Eintrittskarte lamentierten und die große Masse in der Arena johlte oder schimpfte, sang oder buhte, würde er sich im Hauptbahnhof umziehen und gänzlich anders gekleidet – nämlich im Trikot der gegnerischen Mannschaft – als unauffälliger Fußballfreund in die Altstadt gehen. Dort würde er in einer der vielen Kneipen und in den schmalen Gassen auf weitere feierwillige und bald angetrunkene Opfer warten. Während die Fans ihre Schlachtgesänge schrien oder das Lied vom Altbier an der längsten Theke der Welt zum Besten gaben, lauerte der Taschendieb Jansen auf seine Gelegenheiten, die es in Hülle und Fülle gab.

3. Spieltag, 24. Juni

»Du weißt, dass dich dein Mann betrügt?« In einem Tonfall, der an Sachlichkeit nicht mehr zu überbieten war, hatte Grafvonahrendt ihr die Frage gestellt, während seine Hand über ihren Rücken glitt.

»Weiß ich«, antwortete Renate gelassen. Sie hatte sich an ihn geschmiegt und streichelte seine nackte Brust. »Zuerst war es Fortuna, jetzt der Fußball allgemein.« Sie war nach dem Schäferstündchen entspannt, sollte ihr Gatte ruhig seiner Liebe zum Hightech-Plastikball frönen; sie hatte ihre eigene, körperliche mit einem Mann aus Fleisch und Blut gefunden. Damit konnte sie gut leben.

»Das meine ich nicht«, fuhr ihr Liebhaber fort. »Dein Mann ist nicht allein bei den Spielen. Auch heute ist er in Begleitung, in weiblicher Begleitung.«

»Was?« Sie hob fragend den Kopf. »Wie kommst du darauf?«

Er wisse es von einem Freund, der ihm beim Stammtisch unter dem Siegel der Verschwiegenheit davon erzählt habe. »Lukas Kleinmann ist Anwalt. Dein Göttergatte hat ihn gefragt, ob Lukas ihn in einer Scheidungsangelegenheit vertreten würde. Angeblich hat dein Mann, so sagt mein Freund, endlich die Frau gefunden, die seine Fußballleidenschaft mit jeder Faser ihres Körpers teilt. Claudia soll sie heißen. Mit ihr ist er schon seit mindestens zwei Jahren zusammen, jedenfalls dann, wenn er sich von zu Hause wegen eines Fußballspiels abseilen kann. Jetzt will er die Scheidung. Lukas soll die Papiere vorbereiten. Nach der Europameisterschaft will dein Gatte Nägel mit Köpfen machen und du sollst Post vom Scheidungsanwalt bekommen.«

Renate wunderte sich über die Ruhe, mit der sie dem Bericht gefolgt war. »Das ist nicht gut«, sagte sie endlich nachdenklich. Eine Scheidung brächte ihr nur Nachteile. Nach dem Ehevertrag, den sie vor mehr als zwei Jahrzehnten abgeschlossen hatten, würde ihr nichts bleiben. Sie hatte nichts mit in die Ehe gebracht und sie würde sie ohne etwas verlassen. Gütertrennung ja, Zugewinnausgleich nein, so hatten sie es notariell vereinbart, als der Unternehmersohn Franz Schieferbein und die Bürokraft Renate Jansen damals die Ehe eingegangen waren. »Armenhaus statt Silberhochzeit.« Sie seufzte und drückte sich noch enger an den Mann, den sie liebte.

»Armenhaus muss nicht sein«, sagte Grafvonahrendt ruhig und kraulte ihr durch den Lockenkopf. »Und Scheidung auch nicht. Ich bin ja bei dir.«

Renate verstand ihn nicht. »Was meinst du?«

»Tote können sich nicht scheiden lassen«, lautete seine lapidare Antwort. »Wenn du willst, wird dein Mann die Europameisterschaft nicht überleben.«

»Egal was du vorhast, es ist mir recht. Hauptsache, wir bleiben zusammen«, sagte Renate, während ihre Hand langsam von seiner Brust über den Bauch abwärts glitt.

Der Arzt ließ sie gewähren. »Ich werde dich allerdings heute Nachmittag verlassen und für ein paar Stunden nach Düsseldorf zum Spiel Albanien gegen Spanien fahren.«

»Warum?«

»Um deinen Mann zu beobachten. Ich möchte herausfinden, wie und wann er von seinem Stammhotel zum Stadion kommt. Taxi oder S-Bahn. Davon hängt ab, was ich wo beim vorletzten oder letzten Spiel in der Arena oder auf dem Weg dorthin mache.«

»Was willst du machen?«

»Dafür sorgen, dass er nicht mit dir machen kann, was er will. Mehr sollst du nicht wissen. Alles andere könnte dich zu einer Mittäterin machen.«

Renate musste unwillkürlich lachen. »Du willst ihm die rote Karte zeigen?«

»Ja«, sagte Grafvonahrendt mit großer Entschlossenheit, »er bekommt einen Platzverweis mit lebenslanger Sperre.«

Eigentlich hätte der Mediziner sogar von einem tödlichen Verweis sprechen müssen.

4. Spieltag, 1. Juli, Achtelfinale

Nur mit Mühe konnte sich Hermann-Josef Jansen ein lautes Lachen verkneifen. Bei der Fahrt in der S8 nach Düsseldorf »zur Arbeit« hatte er nach der Rheinischen Post gegriffen, die sein Sitznachbar beim Ausstieg in Düsseldorf-Friedrichstadt zurückgelassen hatte. Sein Blick war sofort auf das Titelbild und die Überschrift gefallen: »Taschendiebe haben bei der EM Hochkonjunktur«. Dem Anreißer folgte im überregionalen Teil ein seitenfüllender

Bericht. Zahlreiche Fußballfans hätten Anzeige erstattet, weil sie bestohlen worden seien, erklärte die Polizei, die ausführliche Hinweise gab, wie man sich vor Taschendieben schützen könne. Für Hermann-Josef war nichts Neues dabei. Die Polizei werde ebenso wie das Ordnungsamt und die Bahnpolizei bei den abschließenden Spielen mit mehr Personal im Einsatz sein und noch intensiver kontrollieren, hieß es in dem Text. Das örtliche Organisationskomitee erklärte ausschweifend, warum bei einem Verlust der Eintrittskarte kein Zutritt zur Arena gewährt würde. Dieser Bericht interessierte Jansen genauso wenig wie das Geschwafel des Oberbürgermeisters, der die Gastfreundschaft seiner Stadt betonte und davor warnte, Düsseldorf als Hort der Kriminalität zu geißeln. »Die Verbrecher gehören nicht zu unserer Vielfalt, wohl aber die vielen Fußballfans aus ganz Europa, denen wir herrliche und unvergessliche Tage ermöglichen wollen.« Er sei zuversichtlich, die »Handvoll Kleinkriminelle« erwischen zu können. Kein Mitleid empfand der professionelle Taschendieb für die drei Ausländer, die in der Zeitung über ihr Pech jammerten: Geld weg, Eintrittskarten verschwunden. »Nie mehr Düsseldorf!«, gab ein Spanier, der in voller Fan-Montur abgelichtet worden war, in seiner Wut zu Protokoll. »Den Mistkerl drehe ich durch den Fleischwolf, wenn ich ihn erwische«, drohte ein aufgebrachter Franzose, wissend, dass er die Drohung niemals in die Tat umsetzen würde. »Deutschland, nein danke!«, schnaubte ein Österreicher.

Ein derartiger Warnhinweis auf Taschendiebe hätte früher erfolgen müssen, nicht erst zu einem Zeitpunkt, da die meisten Spiele in der Arena vorbei waren, dachte sich Jansen, den die Zeitungsartikel nicht kümmerten. Heute waren andere Menschen aus anderen Ländern in der Stadt. Die meisten würden die Warnung gar nicht zu lesen bekommen, und falls doch, würden sie die Rheinische Post nicht verstehen. Es lebe die Sprachbarriere! Wie gut, dass es den Euro gibt, frohlockte Jansen. Die einheitliche Währung vieler Staaten machte einen Währungstausch unnötig, der immer mit Risiken verbunden war. Es konnte auffallen, wenn er bei einer Bank eine größere Summe fremder Währungen in Euro umtauschen würde. Wahrscheinlich, so sagte sich Jansen beim Einschließen seines Rucksacks, würde er in diesem Fall lieber auf die Beute verzichten.

Irgendwie war heute nicht sein Tag gewesen. Die Ausbeute lag weit unter dem Durchschnitt der letzten Spiele. Lag es daran, dass er vorsichtiger zu Werke gegangen war? Oder lag es daran, dass die Leute weniger Geld mit sich getragen hatten? Hatte die Mahnung in der Zeitung doch Wirkung gezeigt?

Ein Mann rempelte ihn am Bahnsteig an, als er aus der Rheinbahn U 78 nach der letzten Tour am Düsseldorfer Hauptbahnhof stieg. »Hermann-Josef, hast wohl schon bessere Tage gehabt, was?« Ausgerechnet dieser Arsch Höners aus Köln, der ihm immer wieder in die Quere kam, quatschte ihn an.

»Uli, kannst du nicht bleiben, wo der Pfeffer wächst?«, knurrte er.

»Nö«, flötete der unsympathische Rivale. »Interessant zu sehen, wie geschickt du an deinen Opfern arbeitest. Von dir kann sogar ich noch etwas lernen.«

»Verpiss dich«, schnauzte Jansen. »Am besten auf direkten Weg in den Knast, wo du hingehörst.«

»Nö.« Uli Höners mimte weiter den Gute-Laune-Bär. »Du bist gleich reif, mein Freund. Ich hab dich mit dem Handy beim Diebstahl gefilmt. Die Jungs von der Bundespolizei sind bestimmt ganz heiß auf mein Filmchen. Wenn du willst, zeig ich es dir.«

»Was willst du, Penner?« Jansen versuchte, ruhig zu bleiben, obwohl sein Jähzorn rasch anschwoll.

»Die Hälfte deiner Einnahmen von heute, von den letzten Spieltagen und vom Achtelfinale.« Höners lachte hämisch. »Aus der Nummer kommst du nicht raus, Jansen. Wenn ich dich verpfeife, bist du für alle Zeiten verbrannt. Also, was ist?«

Hatte er eine Wahl? Höners würde in Köln abtauchen. Gegen den kriminellen Kollegen hatte er nichts in der Hand. Schon einmal war er mit ihm zusammengeprallt, vor ein paar Jahren in Köln, als sie sich gegenseitig Konkurrenz gemacht hatten. Damals hatten sie sich einigen können: Höners versuchte sein Glück bei den Heimspielen des 1. FC und blieb Düsseldorf fern. Hermann-Josef Jansen verzichtete im Gegenzug auf Besuche rheinabwärts beim »Effzeh«. Diese Vereinbarung schien bei der Europameisterschaft für Höners nicht zu gelten.

»Okay«, sagte Jansen bedächtig. »Wir treffen uns bei der Abfahrt der letzten S-Bahn von hier nach Neuss.«

Höners willigte vergnügt ein. »Trifft sich gut. Nur ein kleiner Fahrplanwechsel. Treffpunkt ist nicht Düsseldorf. Ich wollte heute Nacht eh von Neuss weiter nach Grevenbroich. Ich warte dort im Bahnhof auf dich. Bis dahin, Petri heil!«

Es war und blieb ein Scheißtag. Auch das Angeln in der Altstadt hatte nur kleine Fische gebracht. »Hat sich fast nicht gelohnt«, murmelte Jansen vor sich hin, während er bei der Fahrt nach Hause seine Beute zählte. Und davon sollte er auch noch die Hälfte abliefern?

»Nicht mit mir«, sagte er beim Ausstieg in Neuss. Jansen musste im Bahnhof zu Gleis 3 wechseln, wo Höners auf ihn warten würde.

»Ich dachte schon, ich müsste das Video tatsächlich abschicken«, feixte der Erpresser. Er hielt Jansen die Hände entgehen. »Her mit dem Schotter! Die Bahn fährt gleich ein.«

Jansen schaute sich auf dem Bahnsteig um. Es waren noch einige Menschen da, die auf die S-Bahn warteten. Sie brauchten seinen Deal mit dem unverschämten Kerl nicht mitzubekommen. Er lenkte Höners in einen dunklen Bereich des Bahnsteigs, der nicht von einer Kamera einsehbar war. Unwillig gab er ihm 300 Euro. »Und jetzt lösch gefälligst das Video. Vor meinen Augen!«

Höners lachte. »Ich denk nicht daran. Ab sofort bist du an allen Spieltagen, an denen es in der Region Fußballspiele gibt, meine Melkkuh. Wenn du nicht brav und artig ablieferst, bist du dran. Die Freunde von Recht und Gesetz kennen bei dir bestimmt keine Gnade, wenn die rausfinden, wo du überall schon deine Finger in fremde Taschen gesteckt hast und wo die Beute abgeblieben ist.«

Hermann-Josef Jansen zögerte nicht lange. Intuitiv schob er Höners mit einem kräftigen Druck gegen den Brustkorb vor den einfahrenden Zug. Der Erpresser hatte es nicht anders verdient.

»Scheiße«, schimpfte Hermann-Josef Jansen, während er in der aufgekommenen Hektik den Bahnhof verließ. Es war nicht auszuschließen, dass man ihm bei dem Mord auf die Schliche kam, weil man Höners' Handy auswertete und dabei auf das Video stieß. Er würde untertauchen müssen – nach dem letzten Spiel in der Arena – und in einem neuen Land mit anderen Stadien sein Glück suchen. Spanien war die erste Adresse. Der Umzug kam früher als geplant, aber er war wohl nicht zu vermeiden.

5. Spieltag, 6. Juli, Viertelfinale

Das Viertelfinale würde das letzte Spiel in der Düsseldorfer Arena bei der Europameisterschaft sein, es würde auch sein Abschiedsspiel in Deutschland werden, dachte sich Hermann-Josef Jansen.

Ähnlich dachte Franz Schieferbein. Das Viertelfinale war das Spiel, nach dem er Abschied nehmen würde von der langweiligen Tussi, die er geheiratet hatte. Er würde Renate auswechseln gegen eine junge, frische, temperamentvolle Spielerin, die noch vollen Körpereinsatz beim Zweikampf zeigte.

Sie hatten sich im Hotel getroffen, sich »aufgewärmt«, wie er ihr Liebesspiel im Zimmer nannte, und sich auf den Weg zur Arena gemacht. Seine Verwunderung, als er glaubte, für einen Moment Grafvonahrendt am Hoteleingang gesehen zu haben, hielt sich in Grenzen. Er achtete nicht weiter auf den Mann, als er sich mit seiner Claudia auf den Weg zur S-Bahn-Station machte, um zum Hauptbahnhof zu gelangen. Von dort ging es mit der

Rheinbahn-Linie U 78 zur Arena und damit zum Quell der Freude.

Grafvonahrendt wusste nicht, ob Schieferbein ihn gesehen hatte, als er hinter einer Litfaßsäule stehend den Hoteleingang beobachtete. Anscheinend war das nicht der Fall gewesen. Das blonde Gift an seiner Seite hatte Schieferbein völlig in Beschlag genommen. Da blieb nicht viel Aufmerksamkeit für abschweifende Blicke. Das Paar in den Trikots der deutschen Nationalmannschaft verhielt sich nicht anders als beim Achtelfinale, stellte Grafvonahrendt fest. Die beiden hatten nur Augen für sich und genossen geradezu die Enge in der S-Bahn, die sie körperlich sehr nahe brachte. Das weitere Geschehen war vorhersehbar. Schieferbein und seine Geliebte würden den Bahnsteig wechseln und in den nächsten Shuttle steigen. Vor dem Stadion würden sie sich einen Imbiss genehmigen und sich danach in die Schlange am Einlass stellen. Hier hätte er vermutlich die letzte Gelegenheit, seinen Plan umzusetzen, wenn er im Hauptbahnhof nicht dazu kommen würde.

Hermann-Josef Jansen spürte ein wenig Unbehagen, als er sich zum letzten Mal bei dieser Europameisterschaft auf den Weg nach Düsseldorf machte. Am Morgen hatte er noch darüber nachgedacht, auf den Beutezug zu verzichten. Doch lockte ihn das Geld, und die Gelegenheit reizte ihn, mehr einzusammeln als beim nahezu trostlosen Achtelfinale. Er würde hoch konzentriert zu Werke gehen und nach diesem Spieltag seinen Urlaub antreten, den er vor Wochen angemeldet hatte. So würde seine Abwesenheit nicht auffallen und er war zugleich den Fängen der Polizei entzogen.

Tatsächlich waren zwei Taschendiebe – augenscheinlich Stümper – aufgefallen und verhaftet worden. Sie waren in der Berichterstattung der Rheinischen Post zur Randnotiz verkommen, nachdem es den Todesfall im Neusser Bahnhof gegeben hatte. Man sei guter Dinge, den Mörder dingfest zu machen, der einen unbescholtenen Bürger aus dem Umfeld von Köln in den Tod gestoßen habe, zitierte die Zeitung einen Polizeisprecher. Zu einem Motiv könne man nichts sagen. Ob die Männer vorher einen Streit hatten, sei bisher nicht ersichtlich. Die Auswertung der Filme aus den Kameras auf dem Bahnhofsgelände sei in vollem Gange. Man verfolge einige heiße Spuren und werde in wenigen Tagen ein Phantombild oder ein Kamerabild des flüchtigen Täters veröffentlichen.

Gut für mich, sagte sich Jansen nach der Lektüre. In »wenigen Tagen« bin ich längst über alle Berge. Mit einem Nachtzug würde er sich nach dem Fußballspiel in Richtung Süden aus dem Staub machen. Das Ticket hatte er sich schon online besorgt. Nach 23 Uhr fuhr der Zug Richtung Basel.

Er achtete darauf, an einer anderen Stelle der Gepäckaufbewahrung seinen Rucksack und seinen Reisekoffer zu verschließen.

Das letzte große Spiel in Düsseldorf konnte beginnen. Die Vorfreude der Fans und die Anspannung auf das spektakuläre Duell um den Einzug ins Halbfinale war geradezu greifbar. Schlachtgesänge hallten durch den Bahnhof, Trommeln wurden geschlagen, Fahnen geschwenkt. Ausgelassen und heiter, zugleich gewaltfrei und friedlich ging es in der Meute zu, der richtige Rahmen für Jansen, um noch einmal richtig Kasse zu machen.

Ihm war der in die Jahre gekommene und aus der Form geratene Mann aufgefallen, der mit dem Befummeln seiner viel jüngeren blonden Begleiterin beschäftigt war. Das Portemonnaie hatte er, wie der routinierte Taschendieb auf den ersten Blick erkannte, in der hinteren rechten Gesäßtasche der Jeans verstaut. Leichter konnte es ihm der Kerl nicht machen. Der würde nicht merken, wenn ihm einer im Gedränge an den Hintern griff und die Geldbörse klaute. Das sah nach einem einfachen Klassiker aus.

Jansen peilte sorgfältig die Lage. Wie Höners ihn beim Beutezug hatte filmen können, würde ihm auf ewig ein Rätsel bleiben. In seinem Deutschlandtrikot war Jansen unauffällig. Niemand nahm ihn bewusst zur Kenntnis. Auch die Kontrolleure vor den Bildschirmen, die die Live-Aufnahmen der Überwachungskameras an den Bahnsteigen beobachteten, würden ihn als einen total normalen Fußballfan wahrnehmen, als einen von vielen Harmlosen im Gedränge. Jansen schob sich näher an sein Opfer heran, das ziemlich nahe am Gleis stand, auf dem die U 78 an der Einfahrt schon zu sehen war. Mit einem schnellen Schritt näherte er sich von der Seite, um die optimale Zugriffsposition zu haben. Die Fans, die noch näher an den langsam heranrollenden Shuttle wollten und schoben, erleichterten ihm die Arbeit. Als er zupacken wollte, spürte er einen schmerzhaften Stich in der Seite. Ihm stockte der Atem, in seinem Kopf drehte sich alles, der Schwindel wurde übermächtig, seine Beine knickten ein. Zum Entsetzen der Umstehenden brach Jansen zusammen und blieb regungslos auf dem Boden liegen.

Er hatte alles penibel geplant und behielt Schieferbein fest im Blick. Immer näher schlich er sich an den Mistkerl und Ehebrecher heran. Die kleine Spritze hatte Grafvonahrendt schon in der Hand, ein Schritt noch und er war hinter Schieferbein. In dem Moment, in dem er zustach, sprang von der Seite ein Fan dazwischen. Grafvonahrendt konnte den Stich in den Körper des anderen nicht mehr verhindern.

Als der Mann umfiel, ging ein Aufschrei durch die Menge. Grafvonahrendt ließ die Spritze in seiner Jackentasche verschwinden. »Ich bin Mediziner«, rief er laut. »Zur Seite!« Bei seinem Bemühen, dem Vergifteten näher zu kommen, rammte er Schieferbein, der ungelenk zurückwich, stolperte, hinfiel und im Gleisbett zwischen Bahnsteigkante und U-Bahn landete. Die Räder überrollten ihn im Brustbereich. Schieferbein war auf der Stelle tot.

Grafvonahrendt hatte die Tragödie nicht mitbekommen, er konzentrierte sich auf den Mann, den er irrtümlich in den Tod geschickt hatte, und erschrak fürchterlich.

»Karl-Heinz, was ist mit mir?«, flüsterte Hermann-Josef Jansen, der Taschendieb, bevor er seinen letzten Atemzug tat.

Die toten Augen zu schließen war der letzte Dienst, den der Arzt seinem Bruder erweisen konnte.

ENDE

ENDSPIEL

VON CHRISTOF WEIGOLD

22. Juni 1941

Zu fliehen würde am einfachsten sein, wenn Schalke das Endspiel gewann. Ja, natürlich hoffte Sally, dass Schalke 04 gewann, trotz allem, was sie ihm angetan hatten. Seit 1912 war er ein Anhänger und Mitglied des Vereins gewesen. Aber es sollte ein enges Spiel werden, dachte er, möglichst spannend und aufregend, sodass die Aufpasser vor dem Judenhaus trotz des heißen Wetters nach drinnen getrieben werden würden, an die Volksempfänger, über die das Meisterschaftsfinale aus dem Berliner Olympiastadion in jede Ecke des Deutschen Reichs übertragen wurde.

Es war der wichtigste Teil des Plans, den er ausgeklügelt hatte. Die Ablenkung durch die Endspielreportage hier in Gelsenkirchen würde ihnen dreien entscheidend dazu verhelfen, sich mitsamt Rucksack unbemerkt an den benachbarten Häusern vorbei zur Straße zu stehlen. Dort würde der Wagen warten, zwischen Viertel nach fünf und halb sechs, wenn das Finale in die Schlussphase ging und alle sich wie gebannt um die Rundfunkgeräte scharen würden. So hatte er es mit Lehmbruck ausgemacht. Er und die Frauen würden nur hineinschlüpfen müssen, dann würde Lehmbruck den Horch durch die Stadt lenken, an den allmählich einsetzenden Siegesfeiern vorbei, die rund um den Schalker Markt beginnen würden. Wie im letzten Jahr und im Jahr davor, als sie noch in ihrem eigenen Haus gewohnt hatten, dachte Sally wehmütig, während er bereits die ersten Vögel hörte, die draußen den ersten Sommermorgen begrüßten. Niemand würde auf sie achten in dem Gewoge aus blau-weißen Fahnen, er selbst hatte sogar auch eine dabei, mit der sie den Horch schmücken würden. Lehmbruck könnte aus Gelsenkirchen hinausfahren und sie nach Norden bringen, in einer Stunde würden sie in der Einöde des Münsterlandes sein, wo die Hütte eines gleichgesinnten Bauern sie erwartete. Der Bauer war ebenfalls Schalkeanhänger und ähnlich wie Lehmbruck darüber empört, dass man so demütigend mit ihnen umging, den früheren Besitzern des Kaufhauses Julius Rode am Schalker Markt, direkt neben der Geschäftsstelle des Vereins. Deshalb war er bereit, sie bei sich zu verstecken.

Sally streckte sich und lauschte auf das gleichmäßige Atmen von Jettchen neben ihm und das leise Schnarchen von Julie, seiner Schwägerin, die in dem engen Zimmer auf einer Liege schlief. Er hatte stets einen leichten Schlaf gehabt, und in einer der Nächte, in denen er wach gelegen hatte, war er auf die Idee für ihre Flucht gekommen. Vor drei Wochen hatte er sich dann an Lehmbruck gewandt und um Hilfe gebeten. Die glühende Liebe zu Schalke zu benutzen, um aus der Stadt zu fliehen und dem Schicksal zu entkommen, das die Nazis für sie auserkoren hatten, war ganz nach Sallys Geschmack. So würden sie symbolisch Rache nehmen, ihr ganz eigenes Endspiel gewinnen und morgen um diese Zeit würden sie …

Ein entferntes Geräusch ließ Sally aufhorchen. Er lauschte in Richtung des halb offenen Fensters und hörte aufgeregte Stimmen in den Nachbarhäusern. Dann meinte er das hallende Echo eines Radios zu vernehmen, das Musik spielte. Eine Fanfare, Genaueres vermochte er von hier nicht zu hören.

Es war kurz nach 5.30 Uhr, es wurde gerade erst hell, doch irgendetwas Ungewöhnliches schien sich da draußen zu tun. Besorgt lauschte er weiter.

*

Wie immer vor den Endspielen konnte Fritz Szepan prächtig schlafen. Eine Flasche Bier am Abend wirkte Wunder, und hier draußen im Mannschaftsquartier im beschaulichen Grunewald störte nichts seine selige Nachtruhe. Nun aber war er aufgewacht, obwohl es noch ganz früh am Morgen war, und er vermisste seinen Bettnachbarn. Ernst Kuzorra, der Schalker Kapitän und sein Schwager, musste aus dem Zimmer geschlüpft sein, das sie wie stets teilten – aus Aberglauben, der ihnen schon oft geholfen hatte. Ernst war einfach nervöser als er, dachte Fritz und rieb sich die Augen, setzte sich auf und blickte auf die zurückgeschlagene Decke neben sich. Dabei waren sie mit ihrem Schalker Kreisel bestens eingespielt und seit den Dreißigern europaweit gefürchtet. Vor zwei Jahren hatten sie Admira Wien im Finale mit 9:0 geschlagen und zurück in die Ostmark geschickt, die jetzt zu Deutschland gehörte. Da würden sich auch die Burschen von

Rapid Wien heute schön in ihre Hosen scheißen, spätestens wenn sie mit ihnen das Spielfeld betraten. Die Knappen würden wieder Deutscher Meister werden, zum dritten Mal in Folge. Ernst würde die Viktoria überreicht bekommen und zum sechsten Mal hochrecken. Sie würden ihren Rekordsieg feiern, und bei der Heimkehr nach Gelsenkirchen würde man sie hochleben lassen, tagelang. Die Anhänger würden ihn in seinem Kaufhaus bestürmen und ihnen die Waren nur so aus den Händen reißen, ihm und seiner Frau, Ernsts Schwester, die es führte. Selbst im Krieg spürten sie den Effekt einer Meisterschaft am Absatz. Er war ja auch längst eine Legende, wie Else ihm stets versicherte, da biss die Maus keinen Faden ab. Ja, es ging ihnen verdammt gut, seit sie das Kaufhaus 1938 übernommen hatten …

Die Zimmertür wurde aufgerissen und Ernst stürmte herein.

»Wir haben die Sowjetunion angegriffen!«, rief er aufgeregt. »Heute früh, mit drei Millionen Soldaten, sie sind schon tief im Feindesland. Goebbels hat es eben im Großdeutschen Rundfunk verkündet!«

Sie starrten sich mit großen Augen an.

»Und das Endspiel?«, fragte Fritz und musste sich räuspern.

»Es ist vollkommen offen, ob es in dieser Situation stattfindet«, sagte Kuzorra und ließ sich auf das Bett plumpsen, dass die Federn quietschten. »Sie versuchen gerade, den Reichssportführer zu erreichen …«

»Aber es muss!«, sagte Fritz und sprang auf die Füße. »Es kommen fünfundneunzigtausend Menschen, und wir wollen Geschichte schreiben!«

»Das macht gerade jemand anderes, Fritz«, sagte Ernst. »Der Führer hat natürlich einen Plan! Goebbels sagt, die Stunde sei nunmehr gekommen, um die jüdisch-bolschewistischen Machthaber in Moskau anzugreifen, und wir brauchten den Raum im Osten …«

»Glaubst du, wir müssen an die Front?«, fragte Fritz heiser.

Ernst erstarrte. »Als Deutscher Meister wohl kaum«, antwortete er und hob die Schultern. »Hoffe ich. Aber es gibt zurzeit Wichtigeres als Fußball, das müssen wir einsehen!«

»Findest du?«, fragte Fritz und trat ans Fenster. »Sie können das Endspiel nicht einfach absagen, du wirst sehen! Bereiten wir uns weiter vor!«

✳

»Das ist gut!«, sagte Henriette Meyer aufgeregt. »Jetzt übernimmt er sich, mit der zweiten Front und allem. Das ist der Anfang vom Ende, wartet nur ab!«

Julie war unter einem Vorwand losgegangen und hatte am Haus des Blockwarts Kamp vorne an der Von-der-Recke-Straße ein paar entscheidende Sätze aus dem Volksempfänger aufgeschnappt. Der Besitz von Rundfunkgeräten war Juden längst strikt verboten, aber die findige Julie hatte ihre Tricks, um gelegentlich mitzuhören und Neuigkeiten zu erfahren, die sie gleich an Schwester und Schwager weitergab.

»Darum geht es jetzt doch nicht, Jettchen«, sagte Sally verzweifelt. Seine Frau war eine unerschütterliche Optimistin, sie hatte im Herbst '38 noch geglaubt, man könne ihnen das Kaufhaus nicht einfach wegnehmen. Sie hatte sich leider getäuscht, man hatte ihnen den Mietvertrag gekündigt und von behördlicher Seite Druck ausgeübt. Zwar hatten Fritz und Else Szepan den Kaufpreis, so lächerlich gering er heruntergesetzt worden war, selbst nicht aufbringen können, aber ein Schalker Gönner hatte dem Meisterspieler das Geld vorgestreckt, und die Meyers waren ihren Besitz weit unter Wert losgeworden. Ein Jahr später waren sie hier gelandet, zusammen mit Julie, die das Kaufhaus mit Sally besessen hatte, vertrieben aus einer großen Wohnung in einem prächtigen Haus. Auf Zuweisung des Städtischen Wohnungsamtes waren sie zu dritt in einem Zimmer zusammengepfercht worden und mussten Bad und Küche mit der jüdischen Familie nebenan teilen. Das war wahrlich kein Anlass zum Optimismus. »Verstehst du nicht? Wenn es keine Ablenkung durch das Endspiel gibt, was ist dann mit unserer Flucht?«, fragte er.

»Wir können doch trotzdem gehen«, beharrte Jettchen. »Lehmbruck wird ja auf jeden Fall mit dem Wagen kommen und auf uns warten?«

»Das wird er, wie ausgemacht, aber …« Sally fuhr sich durch das schüttere Haar. Seine Frau dachte einfach nicht strategisch, nicht in militärischen Operationen wie er, der den Weltkrieg als Offizier der kaiserlichen Armee mitgemacht hatte. Er konnte es ihr schlecht vorwerfen.

»Aber dann sollten wir den Rucksack lieber hierlassen«, schlug Julie vor. Sie hatte mehr Sinn fürs Praktische, das hatte sie im Kaufhaus stets bewiesen, bei Verhandlungen mit den Lieferanten und im Verkauf bei den Kunden. »Das haben wir doch besprochen, es ist unverfänglicher, falls sie uns erwischen.«

Sie zeigte auf das Versteck unter den Holzdielen, in dem sie ihn wegen der häufigen Durchsuchungen aufbewahrten.

»Auf keinen Fall, wir brauchen die Kleider, auch auf dem Land!«, widersprach Jettchen.

Es war die ganze Zeit ein Streitpunkt gewesen, ob sie Gepäck mitnehmen sollten und wie viel. Nach langen Diskussionen hatten sie einen Rucksack gepackt, in dem sich je drei Kleidungs- und Wäschestücke für jeden von ihnen befanden. Ganz oben lag die blau-weiße Schalke-Fahne, mit der er früher oft zur Glückauf-Kampfbahn gegangen war und die Lehmbruck zur Tarnung aus dem Wagen hängen sollte. Der Rucksack sollte nicht zu prall gefüllt aussehen, außerdem musste Sally ihn tragen und dabei rennen können. Sie waren schließlich alle nicht mehr die Jüngsten. Er war sechsundfünfzig und eigentlich gesund, aber sie waren unterernährt und abgemagert. Nach seiner Einschätzung konnten sie froh sein, wenn sie die zweihundert Meter bis zur Straße so flink und unbemerkt schafften, wie er es sich ausgemalt hatte. Es musste tagsüber sein, da sie bei einer nächtlichen Autofahrt durch die Stadt garantiert angehalten und kontrolliert werden würden.

»Wir gehen nur, wenn das Finale stattfindet«, entschied Sally.

Er blickte aus dem Fenster auf die lang gestreckte Grünfläche im Hof, die sich zwischen ihrem Haus und dem des Blockwarts vorn an der Straße befand, mit den hölzernen Stangen zum Teppichklopfen und den Wäscheleinen. Sie war seit Kriegsbeginn von Beeten voller Gemüse- und Obststräucher durchzogen, deren Ernte ihnen, den Juden, natürlich verboten war. Jetzt spielten auf dem schmalen Streifen des Sandwegs, der an den Beeten entlanglief, ein paar schmutzige Nachbarskinder Fußball mit einem zusammengeknüllten Lumpen. Eine Teppichklopfstange diente als Tor. Manche von ihnen waren barfuß, drei trugen königsblaue Pullover, die ihre Mütter gestrickt hatten. Nachher würde der Weg hoffentlich frei sein.

*

Als der Schalker Mannschaftsbus sich endlich in Bewegung setzte, sah Szepan sich um. Der Fahrer war derselbe, der sie bereits in den vergangenen beiden Jahren und bei Pokalsieg und Meisterschaft im glorreichen Jahr 1937 gefahren hatte. Fritz saß an seinem gewohnten Platz ganz vorn, neben ihm Ernst. Auch alle anderen saßen auf den Plätzen, die ihnen immer Glück gebracht hatten. Alles war wie sonst, und doch war heute vieles anders als gewohnt. Sie hatten alles so gemacht wie vor jedem Endspiel, aber erst nach dem Mittagessen hatten sie von Reichssportführer Hans von Tschammer und Osten persönlich die Entscheidung überbracht bekommen, dass das Finale auf Anweisung des Reichspropagandaministeriums heute ausgetragen werden würde. Die Propaganda konnte das sehnlich erwartete Spiel gut gebrauchen und würde es in eine feierliche »Treuekundgebung für den Führer und unsere siegreiche Wehrmacht« ummünzen.

Verdammt. Fritz hatte diesmal doch kein gutes Gefühl. Irgendetwas stimmte nicht. Hatten ihm die schwierigen Vorbedingungen den Nerv geraubt? Die Unsicherheit, ob das Finale stattfinden würde? Oder war er satt geworden, weil er schon in so vielen Endspielen gestanden hatte? War er sich zu sicher und bekam gerade deswegen die Flatter?

Er wusste es nicht. Er durfte diese Gedanken nicht zulassen, Nervosität konnte er jetzt überhaupt nicht gebrauchen.

*

Gegen drei ging diesmal Sally den Weg nach vorn zur Straße und sah schon von fern den Blockwart, der im ersten Stock aus dem Fenster blickte, die Arme wie immer auf ein Kissen gestützt. Von dort überschaute er den Hof und die ganze Nachbarschaft. Es war ein sehr heißer Tag geworden, dieser erste des Sommers, das Thermometer am Haus zeigte fast dreißig Grad. Auf Sallys Stirn hatten sich Schweißperlen gebildet. Kamps Frau Martha, eine rundliche Blondine, hängte gerade feuchte weiße Bettwäsche aus einem großen Korb auf die Leinen im Hof. Daneben, an einem kleinen, schlammigen Teich, stand der alte Gorski aus Haus Nummer drei. Im Hintergrund plärrte wie stets der Volksempfänger. Aus dem Lautsprecher drang düster und pathetisch Wagner-Musik, bereits auf halber Strecke war sie gut zu hören gewesen, nun war sie ganz deutlich, hallend und nah.

»Heil Hitler, Herr Kamp«, sagte Sally. Die Kamps überwachten stets streng, wohin sich die Bewohner des Judenhauses bei ihren Ausgängen begaben und wann sie wieder zurückkamen. Außerdem hetzten sie ihnen oft die Gestapo auf den Hals, die sie bei Razzien schikanierte und schlimm verprügeln würde, wenn sie Heimlichkeiten vermutete oder etwas Verbotenes wie den gepackten Rucksack oder auch nur ein Stück Seife fand. So etwas war bereits ein halbes Dutzend Mal geschehen.

»Heil Hitler!«, grüßte Frau Kamp scheinheilig zurück.

»Wo willst du hin, Sally?«, fragte ihr Mann, der Blockwart, aus seiner erhöhten Position und mit feindseligem Ausdruck. Sally unterdrückte seine Wut über die Überwachung, an die er sich einfach nicht gewöhnen konnte.

»Nirgends, ich wollte nur ein bisschen frische Luft schnappen.«

Der Blockwart lachte auf, seine Frau stimmte ein und rief: »Wir alle wissen, warum du in Wahrheit aus eurem Bau gekrochen bist. Weil ihr inzwischen von unserem heldenhaften Angriff gehört habt. Aber weißt du was? Ich sage es dir: Das Endspiel in Berlin findet statt, wie geplant um 16 Uhr, in einer Stunde!«

Sie sagte es, als verkündete sie einen Triumph.

»Nichts wird uns auf dem Weg zum Sieg aufhalten!«, rief ihr Mann von oben in einem höhnischen Tonfall. Er richtete sich auf und hüpfte dabei, um das Gleichgewicht zu halten. Paul Kamp trug eine Holzprothese, seit er ein Bein im Frankreichfeldzug verloren hatte. Er hatte in den Schalker Jugendmannschaften gespielt, nun war er ein Kriegsbeschädigter, ein hundertfünfzigprozentiger Nazi und ihr Aufpasser hier im Block. »Weder den Führer noch Schalke. Auch wenn sich manche Elemente natürlich wünschen, dass sie verlieren …« Er blickte ihn böse an.

»Ich wünsche mir, dass Schalke gewinnt«, erwiderte Sally ernsthaft.

»Tu nicht so, du mit deiner Lügenvisage!«, wies ihn Kamp zurecht. »Natürlich wünschst du Szepan und Kuzorra, dass sie verlieren, und ich weiß auch ganz genau, wieso! Ganz Schalke weiß es! Oder hältst du mich etwa für dumm?«

»Wirklich, ich drücke ihnen heute die Daumen«, bekräftigte Sally. »Ich bin ein alter Schalker, eines der ältesten Vereinsmitglieder.«

»Das bist du schon lange nicht mehr!«, widersprach Martha schrill.

»Von solchen wie euch hat der Erlass des Führers uns ja zum Glück befreit!«, rief Gorski.

Sally setzte dazu an weiterzugehen.

»Du bleibst schön hier«, befahl Kamp scharf. »Geh jetzt wieder nach Hause. Und dort bleibst du für den Rest des Nachmittags. Ihr alle bleibt dort.«

Sally sah zur Straße, dann drehte er sich um, so langsam und harmlos wie möglich. Eigentlich konnte Kamp ihm das nicht befehlen, aber er wollte den Mann jetzt nicht provozieren. Er wusste, dass Kamp da oben eine Pistole liegen hatte, er spielte gerne damit herum.

»Und versucht nachher bloß nicht, hier wieder bei der Radioübertragung mitzuhören!«, sagte der Blockwart scharf. »Juden ist das Radiohören strikt verboten – auch wenn Endspiel ist, gerade dann!«

Sally antwortete nicht, sondern schlenderte gemächlich wieder zurück in Richtung ihres Judenhauses, an den aufgehängten Wäschestücken vorbei, die mehrere Reihen tief dicht an dicht hingen. Sie würden einen gewissen Sichtschutz auf dem Weg hierher bieten, bis sie vorn vor dem Haus der Kamps angekommen waren.

*

Sie würden gewinnen, da war sich Fritz jetzt sicher. Vom Anpfiff weg spielte Schalke wie aufgedreht. Es war, als hätte die Besonderheit dieses Tages ihnen zusätzliche Motivation verliehen. Bereits vor Spielbeginn hatte er das bemerkt – der Einmarsch der Mannschaften aus dem Marathontor unter dem Jubel der fast Hunderttausend, die Nationalhymne, die alle lauthals mitgesungen hatten, während die zweiundzwanzig Spieler mit erhobenem rechtem Arm grüßten, die pathetische Ansprache des Reichssportführers, der die Bedeutung des heutigen Tages in der »Schicksalsfrage des deutschen Volkes« herausstrich.

Nach acht Minuten stand es bereits 2:0 für Schalke, und sie dominierten das Spiel beinahe nach Belieben. Die Rapidler sahen dem Ball nur hinterher. Selbst ihr Kapitän und bester Spieler, der lange Franz Binder, machte keinen Stich. »Bimbo« Binder – so nannte man ihn, weil er mit seiner dunklen Haut und den schwarzen Haaren angeblich wie ein bekannter afrikanischer Schauspieler aussah, der die Figur »Bimbo« im Film »Wüstensturm« gespielt hatte – konnte keinen seiner glasharten Schüsse ansetzen und wurde laufend von der Schalker Abwehr abgegrätscht. In Kürze würde der Schiedsrichter zur Halbzeit pfeifen, Adolf Reinhardt aus Stuttgart.

Jetzt drangen die Grün-Schwarzen einmal in den Strafraum ein, aber sofort waren zwei Abwehrspieler da und stellten den Stürmer, wie Fritz beruhigt vom Mittelfeld aus sah. Pesser legte den Ball an ihnen vorbei, doch Burdenski grätschte und ... Verdammt. Er erwischte den Ball, aber auch den Mann am Knöchel. Pesser ging zu Boden. Der Schiedsrichter pfiff und zeigte auf den Elfmeterpunkt.

Während Binder sich das Leder zurechtlegte, lief Fritz zu seinem Torwächter, Hans Klodt, und beugte sich zu dessen Ohr. »Der Bimbo schießt immer nach rechts«, raunte er ihm zu. Als er langsam aus dem Strafraum hinausging, grinste er Binder an, der übliche Versuch der Verunsicherung. Sie kannten sich aus Herbergers Nationalteam, in dem dieser seit 1938 Deutsche und Österreicher zusammenwürfeln musste.

Schiedsrichter Reinhardt pfiff, und Binder lief an, um den Anschlusstreffer zu erzielen. Er schoss den Ball unglaublich hart, aufs rechte Eck gezielt. Klodt sprang dorthin, aber Binders Schuss ging um einen halben Meter am Pfosten vorbei. Die Menge stöhnte auf, der Schalker Block jubelte und schwenkte die Fahnen.

Als sie wenig später mit einem 2:0 zum Halbzeittee in die Kabinen gingen, richtete Fritz es so ein, dass er neben Binder vom Feld ging.

»Ist nicht dein Tag. Ihr könnt froh sein, wenn es euch nicht geht wie Admira«, murmelte er.

Binder grinste diesmal zurück. »Naa«, erwiderte er mit seinem Wiener Dialekt. »Mir wer'n die Ehre vun Wean wiedaherstöll'n, wirst as sehen …«

⁂

Sie konnten die Radioreportage nur von ganz weit entfernt hören, verstehen konnten sie davon nichts. Der hallende Klang aus ungefähr einem halben Dutzend Volksempfängern verband sich zu einem diffusen Wirrwarr von Geräuschen mit hohem Pegel. Zweimal hatten sie die Schalker Zuhörer in den Häusern laut aufjubeln hören, ganz früh. Sally verfolgte die Zeit auf seinem letzten wertvollen Besitz, der Armbanduhr, die er Lehmbruck zum Dank versprochen hatte. Kurz vor der Halbzeit hatte es einen weiteren Jubelschrei gegeben. Es schien kein knappes Ergebnis zu werden, Schalke war auf dem besten Weg, deutlich zu gewinnen.

Natürlich war ihnen auch das als Ablenkung willkommen. Die drei saßen wie auf glühenden Kohlen, nervös und verschwitzt, trotz der Hitze trugen sie ihre Mäntel. Darunter hatte Sally seinen besten Anzug an und die Damen ihre teuersten Kleider. Auch den Rucksack hatten sie hervorgeholt, er stand bereit, damit Sally ihn aufnehmen konnte.

Die zweite Halbzeit lief bereits, es war nur noch eine halbe Stunde zu spielen und der Zeitpunkt rückte heran, an dem sie das Haus verlassen mussten. Es war Viertel nach fünf, Lehmbruck würde jetzt vorn an der Straße ankommen und im Wagen auf sie warten.

Ein weiterer lauter Jubelschrei hallte über den Hof und ließ sie zusammenzucken. Ein weiteres Tor für Schalke, sie würden nicht mehr aufzuhalten sein. Zufriedene Rufe schallten über den Hof. Sally sah aus dem Fenster. Auf der Grünfläche war niemand zu sehen, soweit er das zwischen den aufgehängten Laken erkennen konnte. Alle waren sie drinnen und saßen neben den Rundfunkgeräten, aus denen die freudige Kunde drang.

»Was ist?«, zischte Jettchen. »Gehen wir?«

»Noch nicht«, sagte Sally. Sie redeten leise. »Lasst uns etwas warten. Sie werden alle dem Schlusspfiff entgegenfiebern.« Er wandte sich zu Julie um. »Was machen die anderen?«

Julie öffnete die Tür ihres engen Zimmers und blickte auf den Flur der kleinen Wohnung, in Richtung des Nachbarzimmers, wo eine Familie mit zwei Kindern einquartiert war. Die Eltern waren streng religiös und keine Fußballanhänger, sie grüßten nur schüchtern und hielten sich sonst abseits. Ihre Tür war geschlossen wie so oft. Julie nickte Sally zu und hob den Daumen.

Ein Aufstöhnen ertönte von den Nachbarhäusern her, voller Ärger, ganz offensichtlich ein Gegentor. Nur wenige Minuten nach dem vermeintlichen Schalker Treffer.

»Mann!«, brüllte Kamp wütend über den Hof. Er klang angetrunken.

Die drei im Zimmer blickten sich an.

»Wie steht es jetzt?«, fragte Jettchen.

Sally zuckte mit den Achseln. »4:1 oder 3:1. Aber da wird nichts mehr anbrennen.«

Sie lauschten weiter. Jettchen wischte sich über die Stirn, der Schweiß lief in die Falten, die ihre Augen umrandeten. Sally fiel auf, wie sehr sie in den letzten anderthalb Jahren gealtert war. Die Einweisung in das Judenhaus hatte ihnen allen schwer zugesetzt. Die Angst vor einer Deportation steckte tief in ihnen. Einige andere Judenhäuser waren bereits geräumt und aufgelöst worden. Es war kein Zufall, dass die meisten dieser Häuser in unmittelbarer Nähe des Hauptbahnhofs lagen. Deswegen mussten sie es heute riskieren, es musste einfach sein. Sally beschloss, noch fünf Minuten lang zu warten, um zu beobachten, was sie von draußen hören und sehen würden. Es war wie im Krieg, wenn ein Sturmangriff bevorstand: Man musste irgendwann ins kalte Wasser springen. Egal, ob man sich gut vorbereitet hatte, es war und blieb eine Lotterie, ob man überleben würde. Man brauchte Glück, nicht anders als beim Fußball. Vielleicht war der Sport deswegen so populär geworden, weil er in seiner Zufälligkeit und Dramatik dem Leben glich.

Ein erneutes Aufstöhnen war zu hören, laute Flüche, Schreie.

»Scheiße!«, brüllte Kamp.

»Passt doch auf!«, schrie ein anderer.

»Reißt euch endlich mal am Riemen!«

Ein weiteres Tor für Rapid. Direkt nach dem ersten. Sally ging zum Fenster und blickte hinaus auf den Hof. Nach wie vor war niemand zu sehen. Der Weg nach vorn zur Straße war frei, die Wäsche daneben leuchtete in der prallen Sonne. Die Fenster der Häuser entlang des Weges und an dessen Ende standen offen, aus ihnen drangen der Hall der Radiolautsprecher und das Stöhnen und die Schreie der Zuhörer, anfeuernd, ängstlich, ärgerlich. Es war förmlich zu spüren, wie sie mitfieberten, um die Rundfunkempfänger geschart. Sally blickte auf die Uhr. Er hatte mitgezählt und nach seiner Rechnung war man in der vierundsechzigsten Spielminute, das Spiel schien auf Messers Schneide zu stehen.

»Jetzt!«, sagte er leise zu den beiden Frauen. »Los!«

*

Fritz' ungutes Gefühl war wieder da.

Innerhalb von vier Minuten waren drei Tore gefallen. Zunächst die 3:0-Führung durch Hinz, der mitten in einer Drangphase der Hütteldorfer ungehindert durchbrechen konnte. Danach hatten sie sich bereits mit Siegergrinsen gratuliert und die Schalker Anhänger skandierten übermütig: »9:0, 9:0!« Direkt im Anschluss hatten sie nicht aufgepasst und Schors, der Mittelstürmer von Rapid, konnte das erste Tor für die Wiener erzielen. Ernst und Fritz hatten ihre Mitspieler zusammengeschissen, doch die Grün-Schwarzen witterten Morgenluft und rannten wie um ihr Leben. Direkt nach dem Anstoß verlor Schalke den Ball, die Wiener waren nur durch ein Foul zu stoppen gewesen. Es gab einen Freistoß in dreißig Metern Torentfernung. Sie bildeten eine Mauer, Fritz und die anderen sprangen auf sein Kommando hoch. Aber Bimbo Binders knallharter Spannstoß flog über sie hinweg und das Leder landete genau im Tordreieck, wo es das Netz ausbeulte. Ein wunderschöner Treffer, das musste man neidlos anerkennen.

Als Binder den Ball geholt und an ihm vorbei zum Anstoßpunkt gebracht hatte, hatte er Fritz zugeraunt: »Jetzt geht's auf, Fritzi!«

»Los, Männer, konzentriert euch!«, rief Fritz seinen Kameraden zu.

Der schwäbische Schiedsrichter pfiff wieder an, die Schalker brachten den Ball ins Spiel – und sofort stürzten sich die Rapidler auf sie. An ein Kreiselspiel war nicht zu denken, der Ball ging wieder verloren und Binder führte ihn in seiner unnachahmlichen Art am Fuß. Mit langen Schritten lief er in den Strafraum und legte das Leder am letzten Mann vorbei. Der stellte die Schulter heraus und rempelte ihn an, Binder, der nur darauf gewartet hatte, fiel.

Schiedsrichter Reinhardt pfiff wieder Elfmeter. Sofort waren Ernst und Fritz bei ihm und protestierten, warfen das ganze Gewicht ihrer Prominenz in die Waagschale.

»Er hat den Elfmeter doch provoziert!«

»Aber es war ein klares Foul!« Der strenge Schwabe zeigte unbeirrt auf den Punkt.

Bimbo Binder trat erneut zum Strafstoß an. Über die ungeschriebene Regel, dass der Gefoulte nicht selbst schießen sollte, setzte er sich souverän hinweg, trotz des bereits vergebenen Elfers.

Tormann Klodt und Fritz wechselten einen Blick. Fritz zeigte nach rechts.

Im Stadion war es mucksmäuschenstill. Ein unheimliches Innehalten war das, als wäre die Zeit stehengeblieben und würde nie mehr weiterlaufen.

Binder setzte sich in Bewegung und holte aus. Dann schoss er mit aller Kraft ins rechte Eck. Klodt flog bereits dorthin. Doch der Ball war diesmal zu präzise und zu hoch getreten, rauschte knapp über seinen Fingern in die Maschen. Rapid hatte ausgeglichen, zum 3:3, nur fünf Minuten nach der Schalker Führung zum 3:0.

*

Ein beinahe unmenschlicher Aufschrei aus einem Dutzend Kehlen ließ die drei mitten auf dem Weg zusammenzucken. Jettchen erschrak so sehr, dass sie stolperte und hinfiel. Sie hatten gerade etwas über die Hälfte zurückgelegt auf dem gestampften Sandweg, der an den Häusern entlangführte. Sofort sprang Sally zu seiner Frau und beugte sich zu ihr. Er legte ihr die Hand auf den Mund und dämpfte ihr schmerzerfülltes Stöhnen. Wenn irgendjemand auf die Idee kam, aus einem der Fenster zu blicken, würde er sie sofort entdecken. Sally legte den Finger der anderen Hand an seine Lippen. Er sah, dass Jettchens Augen sich mit Tränen füllten und ihr rechtes Knie blutete. Er schüttelte den Kopf. Sie nickte.

»Der Ausgleich für Rapid – ja, ist es denn zu fassen!«, dröhnte die Stimme des Radioreporters. Hier konnten sie jedes seiner Worte verstehen. Man hörte im Hintergrund sogar das Raunen der Stadionbesucher wie das Summen wildgewordener Hornissen.

Sally wollte Jettchen gerade aufhelfen, da erfasste er im Augenwinkel eine Bewegung. Er wandte den Kopf in Richtung der Wäscheleinen rechts von ihnen. Dort stand ein Mann mit dem Rücken zu ihnen und pinkelte in die Rabatten. Er stand auf gleicher Höhe mit ihnen, genau zwischen zwei Reihen von Wäsche. Wenn er sich umdrehte, wäre alles verloren.

»Was is' passiert?«, rief der Mann nach oben, von wo man ihn nicht sehen konnte. Es war der alte Gorski, zu seinen Füßen vier Flaschen Bier, die er im Teich gekühlt hatte. Seine Stimme klang verwaschen, er schwankte, sichtlich betrunken, sodass er nicht an sich halten konnte.

»Scheißelfer, 3:3!«, brüllte Kamp von drinnen zurück.

Komm nicht ans Fenster!, dachte Sally panisch und drückte seine Frau auf den Boden. Nicht bewegen, war sein erster Instinkt, obwohl es nichts helfen würde. Der Mann in den Beeten raffte eilig seine Hose hoch und schloss sie vorn wieder. Es bereitete ihm Mühe, daran herumzunesteln, er fluchte und drehte sich um die eigene Achse, in ihre Richtung. Sallys Herz machte einen Sprung. Für einen Moment sah er die nassen Flecken auf der Hose des Mannes, doch gerade, als Gorski hochsehen wollte, taumelte er und fiel mit rudernden Armen zur Seite, wobei er ein Laken von der Leine riss und darin verheddert zu Boden stürzte.

»Und da rollt die nächste Angriffswelle der Mannschaft aus der Ostmark!«, schnarrte der Radioreporter mit rollenden Rs.

Sally nahm wahr, wie der betrunkene Mann sich aus dem Laken zu befreien versuchte, und half seiner Frau schnell auf. Zusammen mit Julie zog er sie eine Reihe weiter, sodass die nächsten Wäschestücke sie vor Gorskis Blick verbargen. Sie drängten sich hinter sie.

»Was machst du da unten?«, hörten sie Frau Kamp rufen.

Sally sah nach oben zum Fenster und schob die beiden Frauen hastig näher an die diesseitige Wäschereihe. Er sah noch den blonden Schopf der Blockwartsfrau aufleuchten, bevor er sich mit den beiden Frauen hinter die Laken duckte.

»Gorski?«, fragte Frau Kamp, offenbar blickte sie suchend umher.

Verdammt, sie konnten nicht weiterlaufen, ohne von ihr gesehen zu werden.

»Binder macht das Spiel seines Lebens!«, rief der Radioreporter. »Die Schalker finden kein Mittel, ihn zu bändigen!«

Sallys Kopf ruckte nach rechts, wo er Gorski erneut zwischen den Reihen auftauchen sah. Er taumelte mit den klirrenden Bierflaschen in Richtung seines Hauses, gottlob blickte er nicht zu ihnen. Er schien es viel zu eilig zu haben, zurück in die Nähe des Volksempfängers zu kommen.

Sally atmete auf und ließ sich zu Boden plumpsen, vom Gewicht des Rucksacks auf seinem Rücken hinabgezogen. Sie mussten hier ausharren, Frau Kamp hielt vermutlich immer noch Ausschau. Sally sah auf die Laken, die sie schützten. Die weiße Wäsche auf den Leinen war bereits gräulich verfärbt, durch die rußige Luft, die aus den Kaminen der Hochöfen und Zechen rundum drang, wo unablässig für die Rüstung gearbeitet wurde.

»Die Wiener schnüren die Knappen jetzt regelrecht ein, nun sind sie es, die ein Kreiselspiel aufziehen!«, rief der Reporter.

Spielt weiter, dachte Sally bei sich, macht es so spannend wie möglich. Schießt ein Tor und treibt sie alle wieder ans Radio!

»Und wieder pfeift der Unparteiische einen Freistoß für Rapid, aus zentraler Position circa dreißig Meter vor dem Schalker Tor, eine ähnliche Situation wie vor zehn Minuten!«

＊

Binder legte sich den Ball zurecht und nahm Maß. Fritz konnte ihm ansehen, wie zuversichtlich er war. Er würde wiederholen wollen, was er eben geschafft hatte. Klodt stellte die Mauer auf, Fritz stand darin ganz außen auf der rechten Seite. Schnell winkte er einen Kameraden herbei. »Stell du dich hierher!«

Kaum hatte der Mann sich platziert, als Fritz nach hinten rannte. Er erreichte das rechte Toreck genau in dem Moment, als der Schiedsrichter pfiff und Binder anlief. Fritz wusste, er musste es abdecken. Er drehte sich um und sah Binder schießen. Ohne jeden Effet peilte sein Schuss genau den oberen Winkel an, wie eine Kanonenkugel raste er auf ihn zu. Klodt flog in die Ecke, er würde zu spät kommen. Fritz stieß sich ab und sprang nach oben, so weit er konnte. Das Leder rauschte hoch, höher, streifte seine weizenblonden Haarspitzen und schlug im Winkel ein. Fritz taumelte ins Netz, wo der Ball bereits lag.

＊

»Tor, Tor, Tor für Rapid, ein Hattrick von Binder!«, brüllte der Reporter.

Es waren fünfzig Schritte bis zur Straße. Dies war der perfekte Augenblick, ein unglaubliches 3:4, das Spiel gedreht, die Schalker Moral am Boden …

Sally wisperte: »Kommt!«

Er zog seine Frau mit sich, als er wieder aus dem Schutz der Laken auf den Weg lief. Er rannte los, so schnell er konnte, Julie folgte ihnen.

»Halt!«, schrie Frau Kamp.

Über seine Schulter blickte Sally nach hinten und sah die Frau an den verrußten Laken stehen, die sie eben hatte abnehmen wollen.

»Paul! Die wollen abhauen! Hilfe!«

»Lauft!«, brüllte Sally und sprintete weiter.

Die Frauen schrien vor Panik auf und folgten. Frau Kamp kreischte hysterisch.

Plötzlich peitschte ein Schuss und der trockene Sand direkt vor Sallys Füßen staubte auf. Er hielt abrupt an, Jettchen und Julie prallten gegen seinen Rücken.

»Stehen bleiben!«, hörte er Kamp rufen. »Bleibt stehen, ihr miesen Schweine!« Kamp zielte aus dem Fenster mit seiner Pistole auf sie.

Zitternd hoben Sally und die Frauen die Arme. Der Rucksack auf seinen Schultern schien unermesslich schwer zu sein.

»Was ist da drin?«, fragte Frau Kamp und zeigte darauf.

Mit zitternden Händen holte Julie die Schalkefahne heraus und hielt sie hoch.

»Wir wollten bloß in die Stadt zum Feiern«, sagte Sally und sah Kamp hoffnungsvoll an.

»Nur wenn es was zu feiern gibt«, sagte Kamp böse.

Es blieben zwanzig Minuten. Sie hofften und bangten, dass Schalke den Ausgleich erzielen würde, umringt von den wütenden Nachbarn. Auch der betrunkene Kamp war zu ihnen herabgeeilt und bedrohte sie, er wähnte seine Mannschaft auf dem Weg zur Niederlage. Wie gebannt lauschten sie auf jedes Wort des Radioreporters, das zu ihnen hinunterschallte. Sie fieberten mit wie noch nie in ihrem Leben, beteten, dass das Spiel sich erneut drehen würde.

Doch der Reporter vermeldete kein weiteres Tor.

Als er den Abpfiff verkündete, hörte Sally den Wagen hinter dem Haus wegfahren. Direkt darauf schlug der enttäuschte Kamp auf Sally ein.

Sally Meyer und Julie Lichtmann mussten im November 1938 ihr Kaufhaus am Schalker Markt unter Zwang an Fritz und Else Szepan verkaufen, für einen Spottpreis von 7.000 Reichsmark. Die Szepans wurden durch die Einnahmen aus dem »arisierten« Betrieb reich. Das Ehepaar Meyer und ihre Schwägerin Lichtmann mussten im September 1939 in das »Judenhaus« in der Von-der-Recke-Straße 4 umziehen. Ab September 1941 wurden Juden verpflichtet, den Judenstern zu tragen, Fluchtversuche waren aussichtslos. Am 27.1.1942 wurden die drei mit vielen anderen nach Riga deportiert. Alle drei wurden in den Folgejahren von den Nazis ermordet. Szepan führte das Kaufhaus nach dem Dritten Reich erfolgreich weiter und zahlte auf eine Klage hin den Erben eine Entschädigung von 1.000 Mark. Er starb 1974 als Schalker Legende.

SK Rapid Wien wurde durch den 4:3-Erfolg gegen Schalke von 1941 als einziger nichtdeutscher Verein Deutscher Meister.

KOPFSTOSSLEGENDE

VON TATJANA BÖHME-MEHNER

I

Grauer Himmel. Wind. Nein, das war kein wirklicher Regen. Feuchtigkeit, die sich auf alles legte. Unangenehm. An sich kein Problem. Ganz normales Wetter eigentlich. Zumindest war es nicht das allein, was sie davon abhielt, auszusteigen und den Spaziergang zu machen, den sie hatte machen wollen.

Es war jeden Samstag dasselbe. Sie saß im Auto vor der DHfK und war gebannt. Natürlich würde sie niemals »DHfK« sagen, wenn es politisch korrekt darauf ankam. Das, was früher die »Deutsche Hochschule für Körperkultur« gewesen war, hieß heute kurz und schmerzlos Leipziger Sport-Campus. Diesen Begriff gebrauchte man hier jedoch kaum. Wohl ein klassisches Problem zwischen Ost- und West-Deutschland und dem Rest der Welt.

Sie stand auf dem Parkplatz, hatte das Stadion vor Augen und sollte aussteigen. Aussteigen und loslaufen. Spazieren gehen, bis Elias vom Training kam. Jeden Samstag dasselbe. Sie begegnete diesem Sportforum mit größtmöglicher Bewegungslosigkeit. Elias war beim Judo, und sie hatte vor, spazieren zu gehen. Doch sie war fasziniert von ihren Kollegen im Radio und blieb sitzen. Im Radio gab es die Bundesliga-Konferenz. Immer um diese Zeit. Und sie war gebannt. Nicht, weil sie sich wirklich für Fußball interessiert hätte. Katrin war kein Fan. Hätte man sie gebeten, die Abseitsregel zu erklären, hätte sie den Affen-Emoji mit den verdeckten Augen in ihrem Mobiltelefon als Jokerkarte gezogen. Aber diese Bundesliga-Konferenz im Radio hatte es ihr angetan. Sie konnte sich nicht loseisen von der emotional-konkreten Beschreibungskunst ihrer live agierenden Radiokollegen. Samstag, halb vier, jedes Mal, wenn sie darauf wartete, dass ihr Sohn vom Training kam. So hätte sie gern loslegen mögen. Das war Sprach-, nein Sprechkunst. Aber in der Alltagsberichterstattung in der Zeitung war das anders.

Sehen und gleichzeitig in Worte fassen. Das war echte Meisterschaft. Komfortzonen schien es da nicht zu geben. Sie blieb im Auto sitzen, gebannt, und lauschte, nein, sie beobachtete die Sinfonie der Schalten, das Ballett der ineinandergreifenden Dramaturgien. Dabei hätte sie hinterher selten sagen können, wer da genau gegen wen spielte, wer nebenher für wessen Vorteil in der Tabelle agierte. Sie erlebte es in einem einzigartigen Hier und Jetzt, das für sie selbst keine Konsequenzen hatte. Fußball im Fernsehen empfand sie als langweilig und in einem echten Stadion hätte sie sich schwer orientieren können.

Immer live … und dennoch wirkte es, wie ein durchkomponiertes Ensemble individueller Dramen, die umso dramatischer wurden, weil sie in Beziehung zueinander standen. Weil so viel davon abhing. Das Kleine im Großen gesehen: ein Zweikampf auf dem Schachbrett – inszeniert durch großartige Journalisten, die miteinander interagierten wie sensible Musikanten, überlegt und voller Leidenschaft, und doch mit dem Blick aufs große Ganze. Bundesliga eben. Katrin träumte davon, so etwas zu können. Allerdings träumte sie das auf eine sehr abstrakte Weise. Andernfalls hätte sie sich eingestehen müssen, dass sie vom Gegenstand schlicht keine Ahnung hatte.

»Tor! Tor! Tor in Dortmund!« Alle anderen hielten inne und die Schalte ging nach Dortmund. Da hatte offenbar ein Spieler per Freistoß ein Foul in ein Tor verwandelt und damit den Anschlusstreffer gegen Hertha erzielt. Aber die Reporterin kam kaum weiter.

»Tor, Tor in Nürnberg!« Wow! Es ging Schlag auf Schlag. Die Reporterin fasste zusammen, dass Schnürmann mit links den Schuss von Schneidereit abgefälscht hatte, den Schlami-Chlürp – hieß der wirklich so? wahrscheinlich hatte sich Katrin verhört – dann in den Kasten befördert hatte. Der Außenseiter war in Führung gegangen, was wiederum der Grund dafür sei, dass man auf Schalke nervös werden müsse; wohin postwendend weitergeschaltet wurde. Interessant! Kurz hatte sie das Gefühl gehabt, dass ein »Tor in Leipzig!« angekündigt worden wäre. Warum? – Sie hätte es nicht genau sagen können. Irgendetwas war da gewesen. Das Aufflackern einer Schalte, die irgendwie doch nicht kam. Leipzig war in dem Reigen seit mindestens vier Schalten nicht mehr aufgetaucht und hätte bald dran sein müssen. Das Spiel, dem sie räumlich am nächsten war, war emotional am weitesten weg. Diese Idee faszinierte sie; während ihr

Blick sich an den Glockenturm heftete. Der Gedanke nahm ihr Bewusstsein gefangen, dass man von dem am wenigsten zur Kenntnis nehmen konnte, was räumlich in direkter Nähe geschah. Sie hörte und sah und dachte. Und ihr Unterbewusstsein hatte den Glockenturm im Blick. Ein Stadion mit einem Glockenturm, eigentlich eine absurde Vorstellung. Wann hatte sie den Glockenturm jemals so genau betrachtet? Hatte sie das überhaupt jemals getan? Vermutlich nicht. Warum auch? Ein Stadion mit einem historischen Glockenturm? Das war seltsam. Aber sie kannte es ja nicht anders. Doch dass ihr diese Glockenmänner nie aufgefallen waren. Das diesige Wetter ließ die Szenerie verschwommen erscheinen. Irreal. Dennoch waren sie da, und sie bewegten sich. Seit Katrin denken konnte, hatten die Glockenmänner auf dem Krochhochhaus auf dem Augustusplatz in der Innenstadt sie fasziniert. Überlebensgroße Figuren, die an die Glocke auf dem Giebel schlugen. Was genau sie daran so beeindruckte, hätte sie nicht in Worte fassen können. Die venezianische Inspiration? Nicht unbedingt. Vermutlich die Idee, das Konzept Ende der 1920er-Jahre in Leipzig zu adaptieren. Boomtown Leipzig. Damals schon. Originell. Moritz Schreber, der 60 Jahre zuvor den Schrebergarten miterfunden hatte, hatte einen Steinwurf von ihrem aktuellen Standort entfernt eine absolut eigene Kultur entwickelt. Die Gedenkstätte war bis heute ein Platz, an dem sie sich wohlfühlte. Das ursprüngliche Stadion, das, gefühlt Dutzende Male überbaut, in diesem heutigen Gesamtkunstwerk resultierte, hatte seine Wurzeln ebenfalls in jener Epoche. Aber die Figuren auf der Turmspitze waren ihr wirklich niemals aufgefallen.

»Tor!«, schrie es aus dem Radio. Der Reporter aus Dortmund hatte sich wieder zu Wort gemeldet. Sie hörte mit halbem Ohr zu und schielte mit einem Auge nach oben. Für Dortmund schien es gut zu laufen. Doch ihre Gedanken lenkten sie ab. Sie hätte nicht sagen können, was sie am meisten beschäftigte – normalerweise wäre ihr das völlig egal gewesen. Sie genoss für gewöhnlich dieses Warten mit der Bundesliga-Konferenz. Ihre Fußball-Sinfonie. Aber diese Glockenturmfiguren im aufsteigenden Nebel … Vielleicht brauchte sie wirklich Urlaub. Denn nicht nur, dass sie gerade geglaubt hatte, dass einer der Stadion-Glockenmänner dem anderen im immer dichteren Nebel eine verpasst hätte, nein, jetzt waren sie verschwunden. Sie hatte sich die Glockenfiguren eingebildet. Nicht darüber nachdenken!

»Tor! Tor! Tor in Leipzig!« Und siehe da! »Ein Fußballkrimi in Leipzig – nicht nur, dass der zweite Unparteiische das Spiel für geschlagene acht Minuten zum Stillstand gebracht hat …« Der Reporter klärte auf, dass es ein vermeintliches Foul und endlose Diskussionen angesichts eines Videobeweises gegeben hatte. Aha! Vermutlich war das die Erklärung, warum es im Radio so lange still um Leipzig gewesen war. Die Szenerie wurde realer, auch wenn der Glockenturm nun fast ganz im Nebel verschwunden war. Und aus dem großen Portal trat eine sehr reale Gruppe Touristen, die hinter einem dieser klassischen Fremdenführer her trottete. Warum der sein Fähnchen so demonstrativ hochhielt, obwohl ansonsten kaum ein Mensch auf dem Platz vor dem Stadion war? Na ja – vielleicht, weil es eine Trikolore war. Möglicherweise waren die mit den Souvenirtüten bepackten Reisenden ja Franzosen – und der Stadtführer dachte, sie würden sich besonders über ihre Nationalflagge freuen. Sie verschwanden in ihrem Reisebus.

Bevor Katrin weiter über ihre getrübte Wahrnehmung nachdenken konnte, erschien Elias auf dem Parkplatz – das bewährte Zeichen, dass das Wochenende beginnen konnte. Der Elfjährige stieg ins Auto und sprudelte los. Katrin erfuhr von der Enttäuschung des Judo-Trainers über Kai, der seine komplette Sporttasche vergessen hatte, und wie begeistert der Trainer von der sozialen Attitüde der Trainingsgenossen war, die den Inhalt ihrer Taschen geteilt hatten. Sie freute sich über Elias' Offenheit. Und sie ärgerte sich über sich selbst. Trotzdem konnte sie Elias nicht ihr ganzes Ohr zur Verfügung stellen. Die Festwiese mit dem Glockenturm hatte ihre Aufmerksamkeit in Anspruch genommen. Zu DDR-Zeiten war der Turm in das Stadion integriert worden und hatte zahllose Sportevents der Ära gesehen. Anfang des jetzigen Jahrtausends war das Zentralstadion mit allem anderen zu einem zeitgemäßen Fußballpalast umgebaut worden. Blöde Sache. Obwohl gut 100 Jahre Stadiongeschichte so gar nicht das Thema der Lokaljournalistin waren, ließen sie der Turm und die mögliche Existenz der Glockenmänner nicht los. Sie setzte den Blinker und bog auf die Jahnallee ein. Es war eine Art des Sich-frei-Fahrens, während Elias erzählte, was ihm beim Judo geschehen war. Für gewöhnlich war das ein Energiequell für die ganze Woche. Heute nicht. Warum, hätte sie nicht sagen können. Weit kamen sie ohnehin nicht. Denn das Abbiegen von der Jahnallee in die Waldstraße erwies

sich als schlicht ausgeschlossen. Offenbar ein Großein-
satz der Polizei. Seltsam. Die aktuelle RB-Partie war kein
Hoch-Risiko-Spiel. Daher war die Polizeipräsenz auf dem
Parkplatz gering gewesen, im Grunde nicht vorhanden.
Jetzt war die Kreuzung dicht. Polizeiautos schossen an ihr
vorbei. Rettungsdienst. Um gut in ihrem Job zu sein, hätte
sie hinterherjagen müssen. Aber sie hatte Elias auf dem
Beifahrersitz. Und eigentlich gar keine Lust. Was immer
da passiert sein mochte, sie konnte ausschließen, dass es
so spannend war, dass sie dafür das Wochenende aufge-
ben würde. Stoisch stand sie auf der gesperrten Linksab-
biegerspur, wartete und fuhr nach Hause.

II

Das Wochenende erwies sich als kurz. Zu kurz. Staus.
Gefühlt 1.000 Umleitungen. Sie hatten ewig gebraucht, um
vom Sportforum nach Hause zu kommen. Wahrscheinlich
ein Unfall, hatte sie sich gesagt. Mit Krawallen am Stadion
war an diesem Nachmittag einfach gar nicht zu rechnen
gewesen. Der Abend war nett gewesen, intensiv, aber sie
hatte keine Gelegenheit gefunden, ihr Erlebnis und die
damit verbundenen Selbstzweifel in Worte zu fassen. Die
Glockenmänner vor allem.

Und dann hatte das »Wochenende« ein jähes Ende genommen. Am Sonntagmorgen hatte das Telefon geklingelt.
Eigentlich hätte ihr Sonntagsdienst erst um 13 Uhr begon-
nen. Früh genug. Aber offenbar hatte es eine kurzfristige
Einladung zu einer Pressekonferenz gegeben, und irgend-

jemand aus dem Sonntagsdienst-Team musste sie wahrnehmen. Sie! Gegenstand war – Katrin traute ihren Ohren nicht – der Leichenfund am Stadion gestern während des Bundesligaspiels. Sie mochte sich nicht eingestehen, dass sie genau dort zur selben Zeit gewesen war. Sie blendete alles aus und schritt routiniert zum Dienst.

Im Prinzip war es eine ganz normale Pressekonferenz. Routine. Nichts Spektakuläres. Offensichtlich wollten die Verantwortlichen Spekulationen von vornherein vorbeugen – denn ein Grund, am Sonntagmittag eine Pressekonferenz zu diesem Gegenstand einzuberufen, war für die erfahrene Lokaljournalistin nicht zu erkennen. Okay, der Aufruf an Zeugen, sich zu melden, war sinnvoll. Aber selbst bei deutlich aufsehenerregenderen Fällen hatte man den lapidar als Pressemitteilung versendet. Der Sicherheitsdienst hatte einen leblosen Mann auf der Festwiese neben dem Glockenturm des Stadions gefunden – während des Spiels von RB gegen die Frankfurter Eintracht. Fundort und Verletzungen legten nahe, dass er vom Turm gefallen war. Im Moment könne man lediglich eine natürliche Todesursache ausschließen. Die Identität des Mannes habe man inzwischen festgestellt; es handle sich um den in Leipzig ansässigen französischen Staatsbürger Maximilian Duhamel, Vorsitzender des Leipziger Vereins »Rencontres du Foot e. V.«. Der Mann sei in der Stadt besser als »Monsieur Zinédine« bekannt gewesen. Katrin hatte da wohl eine Bildungslücke. Obwohl sie mit der beachtlichen französischen Community in Leipzig bereits eine Menge zu tun gehabt hatte, war ihr dieser »Monsieur Zinédine« nicht über den Weg gelaufen. Warum ließ sie diese Geschichte trotzdem nicht kalt? Während sie in die Redaktion trottete, musste sie immer wieder an ihre Glockenmänner-Vision denken. Was, wenn sie sich das Ganze doch nicht eingebildet hatte?

Katrin starrte auf ihren Bildschirm. Was sollte sie tun? Das Gefühl, dass sie eine Zeugin sein könnte, wurde sie nicht los. Es war nicht nur ihre journalistische, sondern ihre Bürgerpflicht, mit den Behörden zu teilen, was sie gesehen hatte. Was sie gesehen zu haben glaubte. Und genau das war ihr Problem: Von vornherein würde sie eingestehen müssen, dass ihrer Beobachtung eine getrübte Wahrnehmung zugrunde lag. Sie hatte inzwischen für sich geklärt, dass es keine Steinfiguren auf dem Glockenturm gab. Ganz im Sinne ihrer Erinnerung. Sie hatte sie gesehen … und dann waren sie weg gewesen. Sie erinnerte sich an das Millennium-Silvester, das sie mit Freunden auf einer Dachterrasse in der östlichen Innenstadt verbracht hatte – mit Blick über die Dächer der Stadt, auch auf das Krochhochhaus. Damals waren die Glockenmänner im Qualm der Feuerwerksrückstände verschwunden gewesen und tauchten allmählich wieder auf. Ob diese Erinnerung unterbewusst ihre Wahrnehmung beeinflusst hatte, vermochte sie nicht zu sagen. Ausschließen konnte sie es jedenfalls nicht. Egal! So oder so würde sie die Polizei kontaktieren müssen. Jedes Zögern machte die Sache peinlicher. Wenn sie etwas als Zeugin gesehen hatte, würde man ihr hoffentlich nicht verbieten, für die Zeitung zu recherchieren. Sie griff zum Telefon.

Das Gespräch war deutlich angenehmer verlaufen, als Katrin erwartet hatte. Der ermittelnde Kommissar hatte sie weder für verrückt erklärt – der Glockenmänner wegen – noch sie als lästige Journalistin abgeschüttelt. Auf jeden Fall hatte sie einiges in Erfahrung bringen können, was ihr bei den Recherchen helfen konnte, denn eines war klar: Das hier war für die Journalistin eine echte Aufgabe. Offensichtlich schloss die Polizei ein Gewaltverbrechen nicht aus. Die Autopsie hatte sonderbare Kopfverletzungen konstatiert, Abdrücke, die nicht allein vom Sturz herrühren konnten. Allerdings hatte niemand eine Idee, woher sie stammten. Katrin hatte erfahren, dass »Monsieur Zinédine« seinen Spitznamen nicht zufällig getragen hatte. Als Anspielung auf seinen Einsatz für die Erinnerung an Zinédine Zidane, einen der größten französischen Fußballer aller Zeiten, dessen Karriere 2006 in Deutschland ihr tragisches Ende gefunden hatte, wurde er so genannt. Der Tote hatte sich als eine Art Edelfremdenführer im Umfeld des Stadions etabliert. Sein Verein hatte ein faszinierendes Eigenleben entwickelt – er hatte ihn zusammen mit einem anderen Franzosen gegründet, der im Zuge der WM 2006 in Leipzig gestrandet war.

Katrin erinnerte sich an das Jahr 2006. Damals war Leipzig einer der Schauplätze des sogenannten Sommermärchens gewesen. Die Fußball-WM im eigenen Land. Aufwind. Euphorie. Eine bunte Welt. Wettkampf. Party überall im Land. In Leipzig ein schickes neues Stadion für die WM. Rechtzeitig fertig geworden. Inbegriff des neuen Winds, der überall in der Stadt geweht hatte. Inbegriff des Überformens, des sich Neudefinierens. Boomtown Leipzig eben.

Frankreich hatte in Leipzig gegen Südkorea gespielt. Mit großen Hoffnungen war die Équipe Tricolore an den Start gegangen. Es war klar gewesen, dass es für eine Reihe der großen Heroen das letzte große Turnier sein würde: für Thierry Henry, wahrscheinlich auch für den Keeper Fabien Barthez und natürlich für Zinédine Zidane. Hier in Leipzig hatte er bereits in der Vorrunde zum zweiten Mal Gelb gesehen und die Sperre gegen Togo provoziert; vor lauter Wut hatte er Dellen in eine Blechtür getreten, die in Leipzig zu einer Sehenswürdigkeit wurde, zu einer Art Kultstätte – wie Katrin jetzt begriff.

Danach lief die WM besser für Frankreich. Zidane, der seine Karriere als Weltmeister beenden wollte, war allerdings beim Finale in Berlin endgültig zur tragischen Figur geworden. Katrin erinnerte sich sehr genau: die Kopfstoßgeschichte, die schließlich sogar in einem Kunstwerk verarbeitet worden war, einer Plastik im Pariser Centre Pompidou. Zidane hatte sich vom Italiener Marco Materazzi provozieren lassen und schließlich nach einem legendären Kopfstoß eine Rote Karte gesehen. Das Bild, wie er am Pokal vorbei vom Platz ging, war legendär geworden. Frankreich hatte in Unterzahl das Finale verloren, Italien die WM gewonnen. Katrin erinnerte sich an große Emotionen und ahnte ansatzweise, was das in Fußball-Frankreich bedeutet haben musste.

Wie es aussah, hatte sich recht schnell nach dieser WM ein Verein gegründet, der die besagte Tür zu einer Art Pilgerstätte erheben wollte – Katrins Quellen zufolge »eine Zusammenrottung verkrachter Existenzen, überspannter Idealisten, französischer Expats und Verschwörungstheoretiker.

Nichts für ungut.« Okay?! Nach Aussage ihrer Kontakte sei das nur möglich gewesen, weil es damals ein Stadion und keinen lokalen Verein gegeben habe, sie wisse ja, dass RB in dem Ruf stehe, ein »Retortenkonstrukt« zu sein. Zuerst habe er nicht existiert und dann kein Hinterland gehabt. Für den Klub des »Monsieur Zinédine« habe es keine Konkurrenz durch eine echte Vereinstradition gegeben.

Angeblich war der eine der beiden Franzosen in Leipzig hängen geblieben, weil sein Wohnmobil gestreikt hatte. Katrin erinnerte sich an zwei Franzosen mit einem Wohnmobil, die damals mit einer Panne auf dem Parkplatz ihres Supermarktes festgesessen hatten – nicht weit vom Stadion. Sie musste lachen, sie hatte sich hin und wieder gefragt, was aus denen geworden war. Richard Rochechouard war wohl in Leipzig geblieben und hatte sich auf seine Aufgabe versteift, seinem Idol ein würdiges Denkmal zu errichten, quasi von vor dem Niedergang. So hatte er mit Hilfe verschiedener Leipziger den Verein gegründet.

Rochechouard habe sich eine Zeit lang wie ein Priester im Tempel Zidane gebärdet, phasenweise gar Verschwörungstheorien gepredigt. Alles in allem hatte man ihn als einen liebenswerten Irren abgetan, zumal er damals immer am Rande des Existenzminimums in seinem Wohnmobil gelebt habe. Wann genau sich das geändert hatte, darüber waren sich alle uneins, mit denen Katrin sprach; allerdings nicht darüber, dass sich das schlagartig gewandelt hatte, als Maximilian Duhamel dazugestoßen war, »Monsieur Zinédine«, der Tote. Niemand konnte genau sagen, wann und woher Duhamel plötzlich gekommen war. Später würde

Katrin von Richard Rochechouard erfahren, dass er nicht gestrandet, sondern vom Himmel gefallen sei – ein ziemlich schräges Bild angesichts seiner Todesart. Auf jeden Fall sei er plötzlich da gewesen – ein flüchtiger Bekannter aus Rochechouards Jugendzeit. Dass er zwischenzeitlich sein Leben als Kleinkrimineller gefristet, von kleinen Betrügereien gelebt hatte, wie sie viele Paris-Touristen erlebten, davon hatte der Compagnon lange keine Ahnung gehabt. Um zu dieser Information zu gelangen, nahm Katrin den Umweg über die Stadiongeschichte.

»Und wir schalten nach Leverkusen.« Dass sie heute schon wieder auf den Parkplatz am Stadion einbiegen musste, hatte sie nicht erwartet. Allerdings würde sie heute definitiv aussteigen müssen, konnte sich nicht dem emotionalen Auf und Ab der Bundesliga-Radioberichterstattung hingeben. Wahrscheinlich hätte sie heute ohnehin nicht den Nerv dafür und es war ja auch keine Konferenz, sondern nur ein einzelnes Spiel. Sie zögerte einen Moment, die Tür zu öffnen. Sie spürte, wie das Zuhören sie erdete, wie sie im Hier und Jetzt ankam, auch wenn ihre Gedanken dabei natürlich um den gestrigen Nachmittag kreisten.

Dass der Stadionhistoriker Karl-Heinz Friedrich sofort Zeit für sie gefunden hatte, würde ihren Recherchen sehr helfen. »Tor! Tooor!« – Kunstpause – »Toooorrrr für die Werkself!« In dem Moment kam Katrin wieder in den Sinn, wie merkwürdig ihr die abgebrochene Radioschalte aus Leipzig vorgekommen war. Vielleicht sollte sie prüfen, was da genau vorgefallen war – schließlich war es zeitgleich mit ihrer »Glockenmänner-Vision« gewesen.

Auf Karl-Heinz Friedrich war Katrin gestoßen, weil ihr nahezu jeder gesagt hatte, dass er die sicherste Quelle war, wenn es darum ging herauszufinden, woher das Opfer gekommen und wie seine Verbindung zum Stadion gewesen war. Der Frührentner beschäftigte sich seit Jahrzehnten mit dem, was man heute Red-Bull-Arena nannte. Er erwies sich nur bedingt als hilfreich, aber zumindest sollte er ihr eine gute Spur weisen. Dafür musste sie zunächst eine Portion Geduld aufbringen.

Wie wohl fast alle Hobbyhistoriker konnte Friedrich sich nicht ansatzweise vorstellen, dass nicht jeder gleichermaßen für die Details der architektonischen Überformung des Stadions im Laufe der politischen Umbrüche des 20. Jahrhunderts glühte. Leipzig hatte davon reichlich erlebt. Katrin wurde erinnert, wie in den 1980er-Jahren das Turn- und Sportfest sozialistische Masseneuphorie erzeugt hatte. An den Horror, den viele hatten, als eine Mannschaft mit »RB« im Namen in Kometenschnelle in der ersten Bundesliga ankam. Und irgendwann kam der Mann endlich zu der Tür und Zidane. Katrin hakte geschickt ein. Aber sobald die Sprache auf den Verein und die beiden Franzosen kam, spürte sie den Widerstand des passionierten Geschichtsaufarbeiters.

»Kult und Legendenkonstruktion … das muss man mögen … fragen Sie doch einfach Herrn Rochechouard, was er und sein Verein den Leuten bei ihren Führungen erzählen, ich kann mir nicht vorstellen, dass da historische Korrektheit das Hauptinteresse ist! Da kommt er ja gerade.«

Wahrscheinlich hatte sie einfach nur Glück. Auf jeden Fall lief ihnen ein nicht unsympathischer Mann Mitte fünfzig in die Arme. Der sehr leichte französische Akzent wirkte charmant. Und Friedrich gab auf.

Erstaunlich schnell kam der Mann zur Sache, darüber, wie er in Leipzig gestrandet war, was ihm Zidane bedeutet hatte, wie er die WM 2006 als Schicksal erlebt hatte und irgendwann Duhamel dagewesen war. Er schien sich die letzten 18 Jahre von der Seele zu reden.

Mit der Zeit sei es zu Rochechouards größtem Albtraum geworden, dass sein Idol jemals erfahren könne, was sie hier trieben. Natürlich habe er die Legende bewahren wollen, aber sich an ihr bereichern – durch den Verkauf mehr oder weniger wertloser Souvenirs –, das wollte er nicht. »Haben Sie niemals in Paris bei einem fliegenden Händler ein angebliches Markenparfüm mit Eiffelturmanhänger gekauft? Nein? Sie Glückliche! Dann haben Sie keine Ahnung, wie ernüchternd die Erkenntnis ist.« So etwas könne je nach Budget im Nachhinein die ganze Erinnerung zerstören. Maximilian habe über seine Kontakte immer mehr solcher Fake-Souvenirs angeschleppt und das Prinzip gewissermaßen institutionalisiert. Rochechouard sei das unangenehm gewesen, andererseits sei es ein gutes Gefühl, immer einen vollen Kühlschrank zu haben. Aber der Laden, das sei irgendwann ausgeufert.

»Welcher Laden?« Katrin hätte schwören können, dass das Leipziger Stadion keinen Fanshop hatte.

»Der Zinédine-Shop, naturalement. Im Bauwagen. Haben Sie nie den Bauwagen auf der Festwiese wahrgenommen?« Katrin erfuhr, dass jede VIP-Führung im Stadion, die der Verein der beiden Franzosen anbot, in diesem Bauwagen endete. Ursprünglich sei er improvisiert gewesen, nach und nach sei ein professionalisierter Souvenir-Shop entstanden, für den Duhamel immer weitere Spezialmitbringsel ergaunert habe.

Katrins Handy klingelte. Ihre Radioconnections funktionierten nach wie vor – das hatte sich seit dem gemeinsamen Studium nicht geändert. Die Antwort auf ihre Frage nach der seltsamen »Nicht-Schalte« nach Leipzig kam postwendend. Sie hatte sich nicht verhört. Offenbar war in dem Moment, als das Tor fiel, der Vierte Offizielle abgelenkt gewesen. Er hatte zwei Männer gesehen, die in nichtöffentlichen Bereichen unterm Dach des Stadions herumkletterten. In einer Zeit, in der jeder sensibilisiert war, was Terrorismus anging, hatte er geistesgegenwärtig seinem Chef Meldung gemacht. Beide hatten das Tor nur aus dem Augenwinkel gesehen. Um eine Massenpanik zu vermeiden, war während des ewig langen Videoentscheids stillschweigend der Sicherheitsdienst losgeschickt worden. Nur deshalb hatte man den Toten so schnell finden und den Todeszeitpunkt derart genau bestimmen können.

III

Was sollte es? Weder erschien es ihr sonderlich gefährlich noch Gewinn versprechend. Katrin folgte dem Franzosen über den Rasen der Festwiese in Richtung des Bauwagens. Der war ihr tatsächlich nie aufgefallen. Vielleicht, weil es überall in der Stadt stets Baustellen gab. Auch Graffitis waren nichts Besonderes. Dass hier jemand sehr ansprechend »Zinédine« gesprüht hatte, musste also gar nichts bedeuten. Sie umrundeten den Bauwagen, und zu Katrins Überraschung war auf der Seite, die der Straße abgewandt war, eine einladende Markise über den Eingangsbereich gespannt, gestreift in den Farben der französischen Nationalflagge Blau, Weiß und Rot. Scheinbar unterhielt der Verein von Duhamel und Rochechouard wirklich einen kleinen Shop, in dem die Teilnehmer der Führungen am Ende Souvenirs erwerben sollten. Katrin erinnerte sich an die Touristengruppe mit den Tüten und hob die Brauen. Sie traten ein und trafen im Eingangsbereich des überraschend professionell eingerichteten Lädchens sofort auf ein einladendes Sonderangebotsregal mit Kulinarischem und Markantem. Ein durchaus ansehnlich verpacktes Geschenkpaket – zwei Flaschen, lokale Süßigkeiten und das französische Trikot mit der Nummer 10 aus dem Jahr 2006 – absurderweise die weiße Variante, nicht die blaue, die das Team beim Leipzig-Spiel getragen hatte. Das mochte eine Kleinigkeit sein, aber wer Wert auf historische Korrektheit legte, von dem erwartete man anderes.

Katrin zog es vor, für den Moment nichts dazu zu sagen. Zumal es sehr wahrscheinlich nichts mit dem Vorfall zu tun hatte. Einer solchen Ungenauigkeit wegen mordete man nicht, nicht einmal, wenn einem irgendein Fusel als hochwertiger armenischer Cognac und ein durchschnittlicher Tischwein als AOC Bordeaux präsentiert wurden. Es musste mehr sein – auch wenn Katrin überzeugt war, dass sie auf der richtigen Spur war, falls es sich überhaupt um einen Mord handelte. Katrin spürte eine innerliche Vorliebe für die Unfallversion. Sie mochte Richard Rochechouard. Ein in Leipzig gestrandeter Individualist. Ob er wirklich noch immer im besagten Wohnmobil wohnte, wollte sie gar nicht wissen. Er wirkte irgendwie selbstlos. Hier war er hängen geblieben, während er seinem Helden folgte. Und der trat hier mit seinen eindrucksvollen Schuhen einen einzigartigen Abdruck in eine Stadiontür. Sie konnte nachvollziehen, dass er die Autopanne für Schicksal hielt. Selbst sie hatte Zidanes goldene Fußballschuhe vor ihrem geistigen Auge. Apropos Abdruck – was war das in der etwas edleren Verkaufsvitrine? Gipsabgüsse vom Abdruck des Abdrucks der Zidan'schen Sohle. Und Amulette vom Abdruck – in unterschiedlichen Größen, Farben und mit variierenden Kettenformen.

Katrin sagte sich, dass das kaum produziert würde, wenn es keine Kundschaft dafür gäbe. Sie schritt auf die nächste Vitrine zu. Legal konnte das nicht sein: verschiedene Miniaturvariationen der Kopfstoß-Skulptur von Adel Abdessemed, einige wahrscheinlich tatsächlich aus Bronze, einige aus Terracotta oder irgendeinem Kunststoff. Seltsam … die kleinsten passten in einen klassischen 1980er-Jahre-Setzkasten. Andere hätten einen Balkon zieren können. Es hätte Katrin sehr gewundert, wenn das hier vom Künstler oder gar von einem der beiden dargestellten Fußballer lizensiert worden wäre.

Richard Rochechouard hatte ihre Gedanken offenbar lesen können. Er hob zu einer wenig überzeugenden Erklärung an: »Maximilian hatte diese Sonderedition über einen chinesischen Geschäftspartner geordert – einschließlich der Lizenzen.«

Ah, okay. Das war wohl ein wunder Punkt. Katrin dachte darüber nach, was das bedeuten konnte, als ihr Blick auf eine verhältnismäßig leere Vitrine fiel. Sie versuchte, sich einen Reim darauf zu machen. Diese Lücke mitten in dem ansonsten vollgestopften Lädchen.

Richard Rochechouard war blass geworden. »Von diesem Exponat haben wir uns getrennt.«

Katrin wunderte sich. Konnte er in ihren Kopf sehen?

»Da hatte ich mit den chinesischen Lizenzen doch ein wenig Bedenken – zu groß und zu plakativ das Ganze. Zu auffällig. Wenn das jemand zu Hause aufstellt. Da kommen zu viele Fragen ... und wer weiß, woher.«

Katrin verstand nicht, was der Franzose ihr sagen wollte.

Er entwickelte ein ungeahntes Mitteilungsbedürfnis. Laut Rochechouard habe Maximilian Duhamel die Plastik als Lampe geordert – natürlich in »limitierter Edition« –, mannshoch und in wechselnden Farben. »Ich fand das, ehrlich gesagt, nicht sonderlich geschmackvoll, nicht nur, weil das Riesending irgendwie für andere Leute ist als die, die normalerweise zu uns kommen. Die wollen sich einfach ein kleines Souvenir mitnehmen und nicht Möbel kaufen. Die Plastiken für den Schreibtisch, das war für mich die Grenze, gerade noch okay, aber das ...«

Katrin schaute ihn offen und ermutigend an.

Und aus Rochechouard brach die Geschichte heraus, wie sein Compagnon ihm seinen Plan für eine ganz neuartige Stadionführung habe demonstrieren wollen, die für ihn nichts mehr mit ihrer eigentlichen Idee zu tun habe. Trotzdem sei er mitgegangen, genervt den Wall auf und ab gekrabbelt, habe unnötige Akrobatik in luftigen Höhen gemacht – vielleicht war das jene merkwürdige Szene gewesen, die der Vierte Offizielle beobachtet hatte. Rochechouard redete und redete. Schließlich habe er sich im Nebel oben auf dem Glockenturm gefunden – neben Maximilian

Duhamel, der ihn mit jedem Satz provoziert, ihm weltfremden Idealismus vorgeworfen und sein Idol beleidigt habe.

Richard Rochechouard war sich nicht einmal bewusst gewesen, dass er eine der neuen Kopien der Plastik in der Hand gehabt habe, das Imitat aus irgendeinem gipsartigen Kunststoff. Absurd. Er habe auf seine Hände gestarrt und das Bedürfnis gespürt, das Ding weitestmöglich von sich wegzuschleudern. Wo er sich befand, habe er zu diesem Zeitpunkt längst vergessen gehabt. Er sei auf einem Horrortrip gewesen. Der vermeintliche Freund sei im Nebel längst zu einem Schemen mutiert. Am Ende sei er ohne Statue allein wieder hinuntergestiegen. Was geschehen war, sei ihm nicht ganz klar gewesen, aber er hatte noch eine Gruppe aus dem Stadion zu bringen gehabt, die sich nach der vorausgegangenen Führung in dem Lädchen vergnügt habe – Katrin erinnerte sich. Mit der Gruppe hatte er das Stadion verlassen und sei überrascht gewesen, als er am Sonntag von Duhamels Tod erfahren habe.

*

»Tor! Tooooor! Tooooor in Leipzig!« Umgehend kam die Schalte. Wie man sich das erträumte.

Katrin atmete durch und hörte zu. Darüber musste sie lachen. Sie lauschte andächtig, nicht allein der Sinfonie, sondern dem, was in den Stadien geschah. Im Rahmen ihrer Möglichkeiten. Sie suchte nicht einmal nach einer Ausrede, nicht aus ihrem Auto zu steigen. Dabei herrschte perfektes Spaziergehwetter. Über dem Glockenturm brach die Wolkendecke auf. Blau. Hellblau!

Niemand. Weder eine Steinfigur noch ein Mensch reckte die Nase in die Sonne. Katrin schüttelte innerlich den Kopf über sich selbst. Natürlich hatte der Glockenturm immer genau so ausgesehen. Katrin lehnte sich zurück, schaute sich um und genoss das Warten.

»Tor! Tor für Hertha!« Die Übertragung schaltete nach Nürnberg.

Katrin genoss die Sinfonie. Bestimmten Schrittes kam eine Touristengruppe aus dem Portal des Stadions – angeführt von einem Fremdenführer, der sein Fähnchen viel zu offensiv hochhielt, in Anbetracht des geringen Menschenaufkommens auf dem Platz. Die Trikolore. Ein bisschen Nationalstolz, schmunzelte Katrin. Mit ihren Souvenirtüten stiegen die Touristen in ihren Reisebus. Katrins Blick folgte ihnen.

DER MARADONA VON NEUKÖLLN

VON BERND HETTLAGE

Es hätte alles gut gehen können, davon bin ich überzeugt. Klar hatten wir große Pläne! Und es hat ja auch geklappt, im Ergebnis meine ich. Und wenn am Ende das Ergebnis stimmt, ist der Weg dahin zweitrangig. Der interessiert keinen mehr. Ich weiß, wovon ich spreche.

Aber wer hätte das mit dem Ramon denn ahnen können? Und der Lupu, mein Gott! Lupu kommt von Lupus, dem Wolf. Keine Ahnung, warum mir das nicht gleich aufgefallen ist.

Angefangen hat es 2009, da wurde ich Vorsitzender des Berliner SV Buckow 09, einem Verein aus dem Neuköllner Süden. Wir waren gerade in die Oberliga Nordost aufgestiegen, das ist die fünfthöchste Spielklasse in Deutschland. Ich war jahrelang Sponsor des Vereins gewesen, da hielt ich es für eine gute Idee, mich mehr in den Vordergrund zu stellen. Auch geschäftlich.

Ich besaß in unserem Kiez, also in Buckow, einen mittelständischen Garten- und Landschaftsbaubetrieb, die

»1 A Knöllrich GmbH«. »1 A«, weil man damit ganz vorne im Alphabet steht. Na gut, das war wichtig, als es noch Telefonbücher gab. Ich hatte zwölf Festangestellte und beschäftigte sogar eine Garten- und Landschaftsarchitektin, Gesine Schwartz. Die war Anfang dreißig, blond, gut aussehend und hatte diese Akademikersprache drauf. Ich nahm sie immer zu den größeren Kunden mit. Das machte ordentlich Eindruck.

Von den Festangestellten kamen drei Viertel aus Rumänien. Deutsche Tariflöhne hätte ich gar nicht zahlen können. Die Rumänen kamen alle aus Temeswar, einer Stadt im Westen des Landes. 2010 fuhr ich mal runter, vor allem, um die Situation und die Leute dort besser einschätzen zu können und vielleicht ein paar Arbeiter selbst anzuwerben. Ich hatte nämlich mit zweien der Männer Pech gehabt.

Ich fuhr also runter und hatte alles andere als Fußball im Kopf. Dann wurde mir bei einem Abendessen zufällig dieser Trainer vorgestellt, Ion Popescu. Der hatte in Deutschland mal zweite Liga gespielt, ein Jahr beim KSC, da hatte er aber wohl nicht viel gerissen. Anschließend war er noch in Norwegen, in Polen und in Luxemburg gewesen. Jetzt war er Co-Trainer in Temeswar, die spielten damals immerhin in der ersten rumänischen Liga.

Popescu wollte gern nach Deutschland und der große Vorteil war: Er sprach deutsch. Was er erzählte und was ihm fußballerisch vorschwebte, gefiel mir. Junge Leute ausbilden und besser machen, um den einen oder anderen im Profibereich unterzubringen und Geld damit zu erwirtschaften, das man wiederum in den Kader stecken konnte. Kondition bolzen, damit die Mannschaft in den letzten zehn Minuten die Spiele noch entscheiden konnte.

Forciertes Pressing, vertikales Spiel – was damals alle wollten. Das Ganze natürlich mit Augenmaß, im Rahmen der Möglichkeiten mit dem vorhandenen Spielermaterial.

Im ersten Oberligajahr hatten wir knapp die Klasse gehalten, vom Niveau her pendelten wir zwischen der Berlin-Liga und der Oberliga. Es konnte genauso gut wieder runter gehen. Um das zu verhindern, mussten wir dringend was tun.

Popescu hatte einen Investor an der Angel. Einen Bauunternehmer aus Arad, einem Städtchen im Nordwesten, nicht weit von Temeswar. Der hatte bereits für deutsche Firmen in Rumänien gebaut und wollte schon lange mit seinem Unternehmen den Sprung nach Deutschland wagen. Adrian Lupu hieß der, sein Unternehmen »LAU Group«. Während meiner Zeit in Temeswar kam es dann aber zu keinem Treffen mehr mit ihm und ich fuhr ohne neuen Sponsor nach Hause.

Doch den Popescu, der bereit war, für 2.800 brutto für uns zu arbeiten, engagierte ich für die neue Spielzeit. Damals konnte ich das alleine entscheiden. Meine beiden Vizepräsidenten vertrauten mir voll.

Wir hatten 2010 einen Jahresetat von offiziell 250.000 Euro. Das meiste kam von kleineren Sponsoren aus Berlin, Firmen, Unternehmer, die örtliche Volksbank. Ein beträchtlicher Anteil kam von unseren Fans. Wir hatten bei jedem Spiel ein Stammpublikum von 300 bis 350 Zuschauern, das war für die Liga nicht schlecht. Fast 100 fuhren sogar regelmäßig zu unseren Auswärtsspielen mit, wenn es nicht zu weit war.

Die Transportkosten waren auch ein Faktor. In der Berlin-Liga mussten wir allenfalls mal 30 Kilometer fahren, jetzt ging es durch Brandenburg, Sachsen-Anhalt, Mecklenburg und so weiter.

Ich selbst steckte jedes Jahr um die 20.000 Euro in die Mannschaft, die Hälfte davon Schwarzgeld. Jetzt kann ich das ja sagen, ist alles verjährt. Das Geld floss in die Mannschaft, das ging direkt an die Spieler in Form von Handgeld oder Prämien. Als Oberligist waren wir ja auch interessant für ambitionierte Kicker, zum Beispiel junge Fußballer aus den Leistungszentren, die in den Profibereich wollten, aber den Sprung nicht gleich schafften.

An Spieler kam man aber auch auf anderen Wegen.

In meinem Gartenbaubetrieb zum Beispiel beschäftigte ich in den Semesterferien studentische Aushilfskräfte. Deutsche wollten den Job nicht machen, das ist echte Knochenarbeit. Also hatte ich Hilfskräfte aus Südamerika und Afrika. Meine Afrikaner kamen alle aus Kamerun. Zwei davon, Francis und Samuel, waren talentierte Fußballer, die kickten in der Berlin-Liga für ein Taschengeld. Die spielten dann bei uns vor. Da war der Popescu schon da.

Samuel war ein eisenharter Innenverteidiger. 1,90 groß und stämmig. Zwar nicht so schnell und lauffreudig, dafür kopfball- und zweikampfstark. Francis spielte auf der linken offensiven Außenbahn und rannte wie ein Wiesel. Nur bei der Spielübersicht hatte er noch Luft nach oben. Ich lotste die beiden für die neue Spielzeit zu unserem Verein und versprach jedem monatlich 500 Euro plus Prämien. Das war das übliche Gehalt bei uns für die Stammspieler.

Dazu kamen drei Spieler aus unserer Jugend und Ronny Zakowski, der früher für Zwickau gekickt hatte und jetzt aus familiären und beruflichen Gründen seine Karriere in

Berlin ausklingen lassen wollte. Der war ein klassischer Achter, so ein Mini-Kroos, ein Ballverteiler.

Auf der Torwartposition waren wir mit unserem Toni sowieso bestens besetzt. Der war gebürtiger Pole und mit Yvonne verheiratet, der Tochter unseres Zeugwarts. Toni hätte bestimmt auch eine Liga höher kicken können, aber dann hätte er von Yvonne und ihrer Familie eins auf den Arsch gekriegt.

Yvonne war 'ne echte Kiezschönheit, Toni war ihr verfallen. Seit sie zwei kleine Töchter hatten, sowieso. Inzwischen war er allerdings auch schon 33, da hatte sich das mit der Karriere bei einem höherklassigen Verein erledigt. Aber für uns war er spitze. Wenn er mal in drei, besser vier Jahren zurücktreten würde, sollte er das Fliesenlegergeschäft seines Schwiegervaters übernehmen.

Toni und Ronny bekamen mehr als die üblichen 500 Euro. Aber das mussten die anderen ja nicht wissen.

Wir waren also besser besetzt als im letzten Jahr, hatten dazu einen kompetenten Trainer, und das machte sich sofort bemerkbar. Die anderen Teams in der Liga hatten schnell Respekt vor uns. Zur Winterpause lagen wir auf dem fünften Platz, im zweiten Halbjahr ließen wir etwas nach, vor allem auch, weil Toni sich verletzte und fast drei Monate ausfiel. Unser Ersatztorwart war ein Fliegenfänger. Außerdem hatten sich die anderen Vereine langsam auf unsere Spielweise eingestellt. Am Ende kamen wir auf dem neunten Platz raus, mit ausgeglichenem Punktekonto.

Aber alle im Verein hatten Blut geleckt. Die Regionalliga schien kein unerreichbares Ziel zu sein. Zumal jetzt das Spieljahr 2011/2012 kam, nach dem es fünf statt drei Regionalligen in Deutschland geben sollte, darunter eine eigene Regionalliga Nordost. Da würde es deutlich mehr Aufsteiger geben, je drei aus den beiden Oberligen, plus dem Gewinner aus einem Relegationsspiel zwischen den Viertplatzierten. So eine Chance würde es vielleicht nie mehr geben.

Um da mitmischen zu können, mussten wir uns allerdings noch mal deutlich verstärken und unseren Etat mindestens verdoppeln. Ohne einen Großsponsor würde das nicht möglich sein. Es klopften auch schon Spieler bei uns an und diverse Spielerberater. Gleichzeitig waren andere Vereine auf unsere Jungs aufmerksam geworden. Samuel bekam ein Angebot, in Magdeburg vorzuspielen. Zum Glück wollte er nicht weg aus Berlin. Doch er wollte mehr Geld.

Geld, Geld, Geld, das war das große Thema. Und wenn's in die Regionalliga gehen sollte, gab es ja auch Auflagen vom DFB, was Flutlicht, Sicherheitsdienst und so weiter anging.

Da tauchte wie gerufen Adrian Lupu in Berlin auf. Mit einem Mercedes-SUV mit rumänischem Kennzeichen parkte er vor unserer Geschäftsstelle. So 'n 80.000-Euro-Auto. Sein Chauffeur sah aus wie ein Türsteher, er selbst war eher klein, aber drahtig. Vielleicht Mitte vierzig, dichte Stoppelfrisur, teurer Anzug.

Er wolle eine Niederlassung in Berlin gründen und bei uns einsteigen. 300.000 Euro würde er im ersten Jahr in den Verein stecken, versprach er. Das war genau die Summe, die uns fehlte. Ich weiß nicht, ob Ion ihm das gesteckt hatte. Dicke Freunde schienen die beiden nicht zu sein.

Lupu stellte Bedingungen. Er wollte mitreden. Am liebsten hätte er gleich den Vorsitz des Vereins übernommen und mich zum Vize gemacht, aber das konnte ich ihm zum Glück ausreden, da hätten die Mitglieder nicht mitgemacht. Also kam er mit einem deutschen Anwalt mit Kanzlei in Wilmersdorf, Dr. Fabian Behling. Der legte uns ein Konzept mit Beirat vor. Der Beirat sollte aus drei Personen bestehen, nämlich Lupu, dem Anwalt und einem Vertreter des Vereins, den wir bestimmen konnten. Die sollten den Vorstand beraten, aber auch über die grundsätzliche Ausrichtung des Vereins mitbestimmen können. Und der Beirat sollte ein Vetorecht bei grundsätzlichen Entscheidungen bekommen.

Im Prinzip fand ich das ja in Ordnung. Klar, wenn der Lupu sein Geld in unseren Verein steckte, wollte er mitreden können. Allerdings mussten wir dafür unsere Satzung ändern und dazu wiederum eine außerordentliche Mitgliederversammlung einberufen. Im Hintergrund checkte ich natürlich auch Lupu und seine »LAU Group« durch. Ich setzte sogar von meinem eigenen Geld einen Wirtschaftsanwalt darauf an. Der meinte, die Firma sei durchaus seriös und die Summen, über die wir sprechen würden, hielt er für realistisch. Also gingen wir den Deal ein.

Lupu verpflichtete sich im Gegenzug, die genannten 300.000 Euro für die nächste Saison zur Verfügung zu stellen.

Allerdings wollte er zunächst 150.000 bezahlen und die zweite Hälfte zur Winterpause. Als Begründung gab er an, er wolle erst mal sehen, was mit seinem Geld geschähe und ob es mit dem Verein voranginge, um eventuell dann noch »entscheidende Impulse« setzen zu können, wie es sein Anwalt formulierte.

Gut, auch das war verständlich.

Die Mitgliederversammlung ging dann relativ glatt über die Bühne, alle wollten den Verein voranbringen und sahen erst mal nur das Geld, das wir bekommen würden. Träume von der Regionalliga und mehr kamen auf, auch bei mir. Das geb ich gerne zu. So was kommt einem als Präsident ja auch gesellschaftlich zugute und nicht zuletzt auch geschäftlich.

Der Beirat wurde also installiert. Auf das Vereinskonto flossen allerdings nur 100.000 Euro, die restlichen 50.000 wollte Lupu unter der Hand ausgeben, aus einer schwarzen Kasse. Gut, also wir hatten deshalb auf der Versammlung auch nur von 200.000 Euro Sponsoring gesprochen. Von dem Schwarzgeld wussten nur ein paar Eingeweihte.

Zusammen mit Ion Popescu machte ich mich an die Arbeit. Klar würden wir irgendwann einen sportlichen Leiter und so was benötigen, aber vorerst konnten wir uns den nicht leisten. Zur neuen Saison brachte Ion einen moldawischen U-21-Nationalspieler aus Temeswar mit, Timur Grigoras. Ein defensiver Mittelfeldspieler, ein Sechser, technisch stark und körperlich robust.

Jetzt fehlte uns eigentlich nur noch ein richtiger Mittelstürmer, dann wären wir wirklich gut aufgestellt für die neue Saison. Damit hätten wir eine richtig gute Achse. So eine stabile Achse ist das Wichtigste, um erfolgreich zu sein.

Kurz vor Saisonbeginn wurde uns dann der Ramon angeboten. Ramon Martinez, ein argentinischer Stürmer, der zuletzt in Mexiko gespielt hatte. Das Angebot kam zwar von einem etwas windigen Spielerberater aus Niedersachsen, doch der Ramon war eigentlich eine Granate, weit über Oberliganiveau. In Lüttich hatte er sogar mal

UEFA-Pokal gespielt, auch wenn das schon mehr als zehn Jahre her war. In Spanien war er zwei Jahre in der zweiten Liga gewesen. Jetzt war er zwar schon 35 und etwas verletzungsanfällig, aber wie gesagt eine Granate.

Nach einem Medizincheck, der nichts Auffälliges ergeben hatte, engagierten wir ihn. 2.400 netto sollte er bei uns bekommen, die Hälfte offiziell, die andere schwarz. Aus der Handkasse von Lupu, der ihm das Geld zu jedem Monatsanfang bar übergeben wollte. Für Ramon anscheinend kein Problem.

Wir waren stolz wie Bolle auf unseren Maradona aus Neukölln, wie er intern schnell genannt wurde.

Ramon sprach kein Deutsch, aber unsere Sekretärin hatte einen spanischsprachigen Ehemann. Der hatte sich angeboten, den Dolmetscher für ihn zu geben. Gegen ein kleines Taschengeld, auch aus der Handkasse. In diesem Fall meiner. Eine Wohnung für ihn hatten wir auch gefunden, allerdings hinter der Stadtgrenze, in Blankenfelde. In Berlin war nichts Bezahlbares zu bekommen.

Ramon hatte natürlich die Vorbereitung verpasst, aber das machte erst mal nichts. In der neuen Saison legten wir nämlich wie die Feuerwehr los. Die ersten drei Spiele gewannen wir 3:0, 4:0 und 4:1. Ramon traf in jedem Spiel. Die Abwehrreihen der anderen Vereine hatten ihm nichts entgegenzusetzen.

Allerdings fehlte uns Geld. Wir hatten jetzt offiziell einen Etat von 550.000 Euro im Jahr und lagen damit im Oberfeld der Liga, dazu kamen die 100.000 Euro, die wir hintenrum von Lupu erhielten beziehungsweise noch erhalten sollten, doch irgendwie ging die Rechnung trotzdem nicht auf. Wir hatten auf höhere Zuschauereinnahmen spekuliert, aber da kamen höchstens ein paar Hunderter mehr pro Spiel rein, wenn überhaupt. Wie man's drehte und wendete, es blieb ein Loch von 50.000 Euro für die erste Jahreshälfte.

Das machte uns Stress, vor allem mir. Von Lupu war in diesem Halbjahr nichts mehr zu holen. Sein Anwalt winkte ab. Lupu selbst war wieder in Rumänien, mit der deutschen Niederlassung würde es noch etwas dauern. Ich weiß nicht, welche Schwierigkeiten es da gab. Ich verbrachte zu viel Zeit mit dem Verein, darunter litt meine Firma und nicht zuletzt auch meine Ehe.

Da kam mir die Idee, den Verein umzubenennen. Nicht direkt umbenennen, aber den Namen zu verkürzen und das Buckow zu streichen. Dann wären wir der »Berliner SV 09«. Das wäre ein Name mit bundesweiter Strahlkraft, dachte ich, das würde noch mal ganz andere Sponsoren anziehen als das piefige Buckow.

Behling, Lupus Anwalt, war begeistert. Also veranstalteten wir wieder eine außerordentliche Mitgliederversammlung, zu der Lupu aber nicht kam. Behling vertrat ihn.

Die Leute taten sich natürlich schwer damit, Buckow aus dem Vereinsnamen zu streichen. Das war ja ihr Kiez, der Verein war lange ein Kiezverein gewesen, doch jetzt war er das eben nicht mehr. Jetzt waren wir größer und standen für ganz Berlin, so wie Union oder Hertha. So mussten wir denken.

Es war keine einfache Sitzung, aber schließlich stimmten die Leute doch zu. Als erste Maßnahme, das war auch wieder meine Idee, starteten wir über einen örtlichen Radiosender eine Spendenaktion: »Rauf geht's für den Berliner SV 09!« Als Gegenleistung erhielt der Sender gewisse Exklusivberichterstattungsrechte.

Das war auf sechs Wochen angesetzt, bis Ende Oktober kamen allerdings nur 14.632 Euro zusammen. Vielleicht lag das ja auch daran, dass Ramon nach den ersten drei Spieltagen nicht mehr so regelmäßig traf. Mit der Psyche eines Mittelstürmers sei das schwierig, meinte Ion. Und der Mann unserer Sekretärin meinte, Ramon habe Heimweh. Berlin im Herbst sei ihm zu kalt und zu grau.

Wie geht es ihm dann erst im Winter?, dachte ich. Das war dann aber egal, weil er sich Anfang November verletzte. Irgendwas mit den Adduktoren, es würde auf jeden Fall länger dauern. Da saß er jetzt in Blankenfelde und versauerte in seiner Wohnung, dachte ich und machte mir Sorgen.

Trotzdem bestellten wir nach der Spendenaktion neue Trikots mit dem Schriftzug »Berliner SV 09«. Die bezahlte ich wieder selbst, das wurde dann als Spende verbucht. Lupu war ja nicht da, und damit war auch seine schwarze Kasse weg. Sein Anwalt wollte mit Schwarzgeld nichts zu tun haben.

Immerhin spielten wir trotzdem weiter oben mit. Zur Winterpause standen wir auf dem zweiten Platz. Jetzt wurde eigentlich die zweite Rate von Lupu fällig. Von dem hatte ich lange nichts gesehen und gehört. Anfang Januar tauchte er dann plötzlich mit zwei breitschultrigen Männern in unserer Geschäftsstelle auf. Doch statt uns die zweiten 100.000 Euro anzuweisen und 50.000 Schwarzgeld in bar zu übergeben, wollte er auf einmal sein Geld zurück.

Seine Begleiter bauten sich links und rechts von meinem Schreibtisch auf und sahen sich um. Als ob das Geld hier irgendwo im Tresor läge.

Aber wir konnten ihm das Geld nicht zurückzahlen. Es war verbraucht. Es war nicht mehr da.

Lupu durchstreifte mit einem der Männer die Geschäftsstelle, während der andere bei mir blieb und auf mich aufpasste. Ich dachte, ich träume. Ich wollte zum Telefon greifen, aber der andere legte seine Pranke auf meine Hand.

Auf der Geschäftsstelle war außer zwei altersschwachen PCs mit Flachbildschirmen nichts zu holen. Es gab einen Safe mit 3.000 Euro Bargeld, aber den entdeckten sie nicht. Der war hinter einem gerahmten Foto unserer Berlinmeistermannschaft von 1923 verborgen. Sie nahmen die Bildschirme und schleppten einen großen Flachbildfernseher aus dem Trainerbüro mit, den Ion für Videoanalysen benutzte.

Ich war wie paralysiert. Ich bin eigentlich kein Angsthase, ich hätte mich zur Not auch geschlagen, aber das war alles so surreal für mich, dass ich wie gelähmt auf meinem Stuhl saß. In meinem Kopf raste dafür alles durcheinander.

Ich sah mich schon als Lachnummer im Kicker.

Dann kam Lupu mit seinem Begleiter zurück in mein Büro. Wem denn der Mercedes da draußen auf dem Parkplatz gehöre, ob das mein Wagen sei? Den nehmen wir mit, sagte er.

Ich lachte. Da nahm mich der andere, der auf mich aufpassen sollte, in den Schwitzkasten. Der zweite zog eine Pistole und hielt sie mir an den Kopf.

Ungelogen, eine Knarre. Wie im Film.

Kaufvertrag, sagte Lupu. Mit Quittung. Dann Papiere und Schlüssel.

Und keine Polizei, sonst …

Er zielte mit dem Zeigefinger auf mich, machte eine Geste, als würde er abdrücken, streckte anschließend den

Finger in die Luft und blies dagegen, um den Pulverdampf wegzupusten oder so was.

Und nicht abmelden, den Wagen, fügte er hinzu. Ums Ummelden würden sie sich schon selbst kümmern.

Wer's glaubt, dachte ich.

Dann fuhren sie mit meinem Wagen und dem, mit dem sie gekommen waren, weg.

Der Mercedes tauchte nie wieder auf, blieb aber, wie gesagt, auf mich versichert. Bis aus Bukarest ein Unfall mit Personenschaden gemeldet wurde, für den ich aufkommen sollte, weil er mit meinem Mercedes geschehen war. Da wurd's mir dann zu viel, Pistole hin oder her.

In der Rückrunde hielten wir uns zwar weiterhin in der Spitzengruppe, aber irgendwann im Februar ging uns langsam das Geld aus. Ich schaffte es einfach nicht mehr, die Löcher zu stopfen, obwohl ich mir nicht mal ein neues Auto kaufte. Stattdessen fuhr ich mit dem Fiesta meiner Frau Ulrike rum, was die verständlicherweise gar nicht gut fand.

Mein einziger Vertrauter in der Zeit, der Einzige im Verein, der wirklich Bescheid wusste über alles, war Ion. Der war es auch, der mir schließlich vorschlug, die Finanzlücke durch Sportwetten zu füllen.

Wir suchten uns dafür ein Heimspiel gegen den Tabellenletzten aus. Zu dem Zeitpunkt lagen wir auf dem dritten Platz. Ein Sieg für uns war eine sichere Sache. Wenn wir stattdessen auf eine Niederlage wetteten, wären die Quoten etwa bei 1 zu 15. Wenn wir bei fünf Annahmestellen in Rumänien und bei fünf in Deutschland jeweils um die 500 Euro setzen würden und unsere Mannschaft verlieren würde, hätten wir rund 70.000 Euro Gewinn gemacht. Das würde erst mal wieder reichen.

Wir hofften, mit solch relativ kleinen Beträgen unter dem Radar von irgendwelchen Aufsichtsbehörden zu bleiben. Ion kannte da einen Computerexperten, einen Hacker, der das anonymisiert für uns platzieren konnte. Und in Rumänien hatte Ion seine Gewährsleute. Die wollten natürlich auch alle Geld. Dafür gingen schon mal 5.000 Euro drauf.

Die Niederlage würde uns im Kampf um den Aufstieg zurückwerfen, das war das andere Risiko dabei. Nicht zu reden von den Auswirkungen auf die Moral der Mannschaft. Aber ich sah keine Alternative.

Natürlich mussten wir sichergehen, dass wir verlieren, und dazu brauchten wir Toni. Wir waren nämlich nach wie vor so weit vorne wegen unserer Defensive. Im Sturm haperte es dagegen seit Ramons Verletzung. Aber wie sagt man so schön: Der Sturm gewinnt Spiele, die Verteidigung die Meisterschaft.

Toni musste in dem Spiel einfach ein- oder zweimal danebengreifen.

Ich wusste, dass er immer Geld brauchen konnte, Yvonne war ziemlich anspruchsvoll, also bot ich ihm 5.000 Euro. Nach einigem symbolischen Hin und Her sagte er dann auch ziemlich schnell zu. Allerdings war ihm natürlich klar, dass an dem Geld, das wir brauchten, auch seine berufliche Zukunft hing. Dumm war er nicht.

Wir verloren schließlich mit 0:1, die Mannschaft murrte gar nicht mal groß über Toni, denn dass man einmal bei einem Tor schlecht aussah, kam eben vor. Jeder hatte mal einen schlechten Tag. Sie entschuldigten sich sogar bei ihm, dass sie selbst kein Tor zustande gebracht hatten.

Wir waren zwar auf den fünften Platz zurückgefallen, arbeiteten uns aber in den Wochen danach schnell wieder auf den dritten vor. Sechs Wochen später versuchten wir das Gleiche noch mal. Diesmal spielten wir beim Drittletzten. Wir machten alles wie beim letzten Mal, doch als es 0:1 stand, weil Toni bei einer Ecke danebengegriffen hatte, schossen wir den Ausgleich. Dann hatten wir Glück. Samuel verursachte einen Foulelfmeter, weil er mal wieder zu hart eingestiegen war. So musste Toni nur danebenfliegen und wir hatten unser Geld.

In der Woche darauf standen zwei Männer in hellen Anzügen in der Geschäftsstelle. Sie hätten die Wetten rund um unseren Verein beobachtet, ob man miteinander ins Geschäft kommen könne. Ziemlich unmissverständlich machten sie mir klar, dass wir solche Wettgeschäfte nicht einfach auf eigene Rechnung machen könnten. Niemand könne das. Sie legten mir zwei Alternativen dar: Entweder sie würden künftig mit 50 Prozent an den Gewinnen beteiligt, dafür könnten wir ihr Netzwerk nutzen – oder sie würden 50 Prozent des Gewinns aus unserer letzten Wette bekommen, am besten jetzt gleich, und anschließend würden wir nie wieder auf unseren Verein wetten.

Sie sahen nicht aus, als würden sie bluffen.

Mit ihnen weitermachen kam nicht infrage, da musste ich keine Sekunde überlegen. Das hieß, ich musste ihnen 35.000 Euro aushändigen. Die hätte ich nicht, sagte ich ihnen, wir hätten schließlich auch Unkosten bei den Wetten gehabt und schon Einiges ausgeben müssen.

Das war ihnen egal.

Das Geld lag im Safe, da kam keiner außer mir ran, aber den wollte ich ihnen nicht zeigen. Ich sagte, sie sollten morgen wiederkommen. Das machten sie auch und ich händigte ihnen 35.000 Euro aus. 10.000 davon waren die letzte Reserve aus meiner eigenen Schwarzgeldkasse. Das war eigentlich unter anderem für den Sommerurlaub geplant, auch das würde Ulrike nicht gefallen.

Mitte April, nach der zweiten Wett-Niederlage, standen wir wieder auf dem fünften Platz, der dritte war vier Punkte weg, der vierte drei. Aber jetzt kam endlich Ramon zurück. Und er traf sofort wieder. Die nächsten drei Spiele gewannen wir mit jeweils zwei Toren Unterschied, darunter eins gegen einen direkten Konkurrenten.

Bumm, bumm, bumm!

Unser Neuköllner Maradona war zurück, da konnte die Konkurrenz einpacken!

Am letzten Spieltag schoss Ramon zwei Tore, eins davon kurz vor Schluss. Dritter Platz, Direktaufstieg!

Ich hab mir vor Erleichterung fast in die Hose gepisst. Schon in der Kabine floss das Bier in Strömen. Abends haben wir bei mir weitergefeiert, im Garten meines Hauses in Buckow, mit Grill und allem Pipapo. Selbst der Vorstand war vollzählig erschienen. Nur von Lupu und seinem Anwalt war nichts zu sehen. Wie vom Erdboden verschluckt. War auch besser so.

Das war ein Fest! Sogar Ramon ist aufgetaut. Der blieb bis ganz zum Schluss, da dämmerte es schon. Ramon war sturzbetrunken, wollte aber nach Hause fahren. Er besaß einen BMW. Ich verbot ihm das und nahm ihm sogar die Autoschlüssel ab. Schließlich gab er nach und wir tranken noch ein letztes Bier. Dann schlief ich in meinem Gartensessel ein.

Als ich wieder aufwachte, war es 11 Uhr. Ulrike weckte mich. Ich solle mal mit ihr vors Haus kommen, jemand sei offensichtlich gegen den Fiesta gefahren gestern, ob das ein Gast der Party gewesen sei.

Der rechte vordere Kotflügel des Autos war etwas eingedrückt, die Stoßstange beschädigt.

Ich hatte einen dicken Brummschädel, ging aber trotzdem erst mal ins Haus, die Schlüssel des Wagens holen. Ich wusste genau, dass ich sie in dem Korb an der Garderobe deponiert hatte, wo all unsere Schlüssel lagen. An dem Bund hing ein kleiner Fußball. Die Schlüssel waren da, aber der Fußball nicht. Der ging leicht ab, wenn man nicht aufpasste. Ich öffnete den Wagen und fand ihn unter dem Steuerrad auf der Fußmatte.

Es gab nur eine Möglichkeit: Ramon war durch die offene Terrassentür ins Haus gegangen und hatte sich die Autoschlüssel aus dem Korb geholt. Er wusste, dass sie da waren, er war schon zwei-, dreimal mit mir gefahren und mit ins Haus gekommen. Ich hatte sie jedes Mal dort abgelegt. Er musste einen Unfall verursacht, den Wagen zurückgebracht und die Schlüssel wieder an Ort und Stelle gelegt haben, während ich schlief. Sodass ihm keiner nachweisen konnte, dass er den Unfall gebaut hatte.

Doch wie war er danach nach Hause gekommen? Zu Fuß waren es knapp 15 Kilometer von meinem Haus zu seiner Wohnung. Mit öffentlichen Verkehrsmitteln wäre es schwierig geworden, gerade an einem Sonntag.

Im weiteren Verlauf des Tages pflegte ich auf einer Gartenliege meinen Kater und hörte nebenbei ein bisschen Radio, begierig nach Berichten über unseren glorreichen Aufstieg. Die kamen auch in den Nachrichten, aber davor gab es eine andere Meldung. Am frühen Morgen war auf der L75 zwischen Groß- und Kleinziethen ein Fahrradfahrer offensichtlich von einem Pkw erfasst worden. Der Fahrradfahrer hatte sich den Schädel gebrochen und war erst nach einer Weile entdeckt worden, da war er schon tot. Ein 62-Jähriger mit Rennrad, so ein typischer Sonntagmorgen-Rennradler auf der Flucht vor dem Alter. Zeugen gab es keine. Der Pkw-Fahrer war getürmt.

Ich starb tausend Tode an diesem Tag und auch noch viele Tage danach. Den Fiesta reparierte ein Kumpel von Toni, der eine Art private Werkstatt betrieb, schwarz. Kein Mensch stellte je einen Bezug zwischen dem beschädigten Wagen und dem Unfall her oder sprach mich darauf an. Ramon war nach jenem Tag verschwunden und kam nie wieder. Sein Vertrag lief im Juli aus, wir überwiesen noch sein letztes Monatsgehalt. Seinen BMW haben wir dann verkauft und die Wohnung aufgelöst. Wir hörten nie wieder etwas von ihm, keine Ahnung, ob er danach noch irgendwo spielte oder wo er geblieben war.

Die Kripo kam trotzdem in jenem Sommer nach dem Aufstieg zu uns in den Verein. Das Betrugsdezernat vom LKA Berlin. Wettbetrug stand im Raum. Alle Geldflüsse rund um den Verein wurden untersucht. Irgendwann stießen sie auch auf mein Schwarzgeld und schalteten das Finanzamt ein. Ich wusste keinen anderen Ausweg, als mit meiner Firma Insolvenz anzumelden. Das war allerdings schon die zweite Insolvenz. Nach dem ersten Mal lief die Firma auf meine Frau, das wusste außer der Familie aber nur mein Steuerberater. Dieses Mal musste ich die Neugründung auf meine Tochter Stephanie anmelden, die in Darmstadt studierte. Die war gar nicht begeistert davon. Meine Frau würde womöglich strafrechtliche Konsequenzen bekommen und drohte, mich zu verlassen.

In der folgenden Regionalligasaison ging der Berliner SV mit Pauken und Trompeten unter. Der Verein musste ebenfalls Insolvenz anmelden und wurde aufgelöst. Da fiel auch die Strafe nicht mehr ins Gewicht, die wir aufgebrummt bekamen, weil sich Ramons Spielerpass als gefälscht herausstellte. Er war nämlich in Mexiko wegen Wettbetrugs gesperrt worden.

Wenn ich das gewusst hätte – da hätte ich ja auch ihn fragen können wegen der Wetten.

Am Ende hab ich wegen der ganzen Sache mein Haus verloren, meine Frau hat mich schließlich doch verlassen und wegen Steuerhinterziehung hab ich auch noch 18 Monate auf Bewährung aufgebrummt bekommen. Ein schöner Scheiß!

Den Verein gibt es inzwischen wieder, ein paar von den alten Mitgliedern haben ihn neu gegründet, er heißt jetzt SV Buckow 09, Berlin ist ganz aus dem Namen raus. Angefangen haben sie in der untersten Klasse, inzwischen sind sie aber schon einmal aufgestiegen.

Ich selbst bin raus. Mit dem Fußball hab ich gar nichts mehr zu tun. Ich schau's mir nicht mal mehr im Fernsehen an.

VITAE DER AUTOREN DES PROJEKTS EM 2024

Lutz Kreutzer (Hrsg.) wurde 1959 in Stolberg geboren. Er schreibt Thriller, Krimis, Sachbücher und gibt Kurzgeschichtenbände heraus. Auf den Buchmessen in Frankfurt und Leipzig sowie auf Kongressen coacht er Autoren. Am Forschungsministerium in Wien hat der promovierte Naturwissenschaftler ein Büro für Öffentlichkeitsarbeit gegründet. Er war lange als Manager in der IT- und Hightech-Industrie in München tätig. Über seine Arbeit wurden im Hörfunk und TV zahlreiche Beiträge gesendet. Seine Werke wurden mit mehreren Stipendien gefördert. In Aachen hat er neben dem Tivoli gewohnt, in Wien in der Nähe des Rapid-Stadions, danach lebte er in der Fußballhauptstadt München, bevor er sich fast gegenüber der Fußballarena Salzburg niedergelassen hat. www.lutzkreutzer.de

Ina Resch alias Regina Ramstetter kommt aus einer fußballbegeisterten Familie. Sie war selbst Stürmerin, ihr Mann ist A-Lizenz-Trainer, die Söhne kicken in Bayern- und Regionalliga und auch die Tochter spielt im Verein. An manchem Wochenende steht die Autorin dreimal 90 Minuten auf dem Platz – beziehungsweise daneben.

Sonst schreibt sie Krimis, Romane und Kurzgeschichten – nun zum zweiten Mal mit einem Setting im Fußballmilieu. Ihr Roman »Die Farbe des Vergessens« war für den Friedrich-Glauser-Preis nominiert.
www.ina-resch.de

Kurt Lehmkuhl, 1952 in der Nähe von Aachen geboren, lebt und arbeitet als freiberuflicher Autor und Journalist in Erkelenz. Der Fußballfan hat 30 Kriminalromane, Dutzende Kurzkrimis, mehrere Reisebücher und Geschichtensammlungen geschrieben, wovon der Großteil im Gmeiner-Verlag verlegt wird. Als Dozent für Kreatives Schreiben verantwortet er fünf Anthologien, deren Erlös von über 50.000 Euro vollumfänglich als Spende an ein Hospiz fließt.

Jürgen Ehlers, Eiszeitgeologe, schreibt Kurzkrimis und historische Kriminalromane. Zuletzt erschien »Sturm in die Freiheit« (Heyne, 2021).
www.juergen-ehlers-krimi.de

Ina May wurde in Kempten im Allgäu geboren. Sie absolvierte ein Europasprachenstudium und arbeitete als Fremdsprachen- und Handelskorrespondentin für amerikanische Konzerne. Heute lebt sie als freie Autorin in Österreich. Sie ist eine »Mörderische Schwester«, eine Chiemgau-Autorin und Mitglied im »Syndikat«. Unter anderem wurde May für den Jacques-Berndorf-Krimipreis nominiert und mit dem Tatort Töwerland-Stipendium ausgezeichnet.
www.inamay.de

Bernd Hettlage wurde in Karlsruhe geboren und lebt mit seiner Familie in Berlin. Er ist als Hörfilmautor und Schriftsteller tätig. Zuletzt erschien im Gmeiner-Verlag der Kriminalroman »Berlinopoly«, der zweite Band seiner Neukölln-Reihe um den ermittelnden Trödler Jan Keppler.

Matthias Bieling wurde 1966 im Ruhrgebiet geboren, ist verheiratet, hat eine Tochter und lebt in Oldenburg. Nach Abitur, kaufmännischer Lehre und Studium der Wirtschafts-, Theater-, Film- und Fernsehwissenschaften begann er eine Karriere in der freien Wirtschaft. Seine Wirtschafts- und Wissenschaftskrimis um den Dortmunder Privatdetektiv Jupp Koslowski sind wilde, vielschichtige Geschichten in einer wilden, vielschichtigen Welt. www.matthias-bieling.com

Als Kriminalhauptkommissar bei der Kölner Kripo lagen **Andreas Schnurbuschs** berufliche Schwerpunkte in den Deliktsbereichen Mord, Rauschgift- und Menschenhandel sowie Schleusungen und Wohnungseinbrüche. Heute arbeitet er als Krimiautor und hält Vorträge, bei denen es um die Frage nach dem perfekten Verbrechen geht. Sein Leben war und bleibt dadurch »kriminell«.

Christof Weigold, geboren 1966 in Mannheim, war Autor bei der Harald-Schmidt-Show und arbeitet als Drehbuchautor. Seit 2018 veröffentlicht er seine preisgekrönte Reihe mit historischen Krimis im Hollywood der Stummfilmzeit: »Der Mann, der nicht mitspielt«; »Der blutrote Teppich«; »Die letzte Geliebte« (KiWi) und »Der Böse Vater« (Kampa, 2023). Er lebt in München. Mehr unter www.christofweigold.com

Tatjana Böhme-Mehner lebt im Saarland und arbeitet als Publications Editor an der Philharmonie Luxembourg. Nach dem Studium der Musikwissenschaft und Journalistik sowie ihrer Promotion an der Universität Leipzig forschte und lehrte sie an unterschiedlichen Institutionen in Deutschland und Frankreich. Sie arbeitete rund zwei Jahrzehnte als freie Kulturpublizistin in Mitteldeutschland. Sie veröffentlichte Sachbücher, einen Krimi sowie Erinnerungen an ihren Vater Ibrahim Böhme.

Edi Graf, Redakteur, Moderator und Schriftsteller, in Friedrichshafen geboren, hat mit »Bombenspiel« und »Russlandcup« schon Fußballkrimierfahrung. **Veronika Wieland** aus Rottenburg am Neckar arbeitet in der To(u)ristikbranche und sorgt im vorliegenden Kurzkrimi für genügend weibliche Intuition in der längst nicht mehr nur als »Männerdomäne« zu bezeichnenden Fußballwelt. Als Autorenduo haben die zwei Mitglieder des »Syndikats« die beiden Romane »Maultaschen in Love« und »Trüffel to go« verfasst. www.edigraf.de

Alle Bücher von Lutz Kreutzer:

SPANNUNG

GMEINER

WWW.GMEINER-VERLAG.DE
Wir machen's spannend